dtv

ERICH KÄSTNER

Morgen, Kinder, wird's nichts geben!

Mehr oder weniger Weihnachtliches

Herausgegeben von Sylvia List

Illustriert von Cornelia von Seidlein

Deutscher Taschenbuch Verlag

Von Erich Kästner
sind im Deutschen Taschenbuch Verlag erschienen:
Werke in neun Bänden (59066)
Kästners Werke für Erwachsene liegen auch in diversen Einzelbänden und Anthologien vor.

Ausführliche Informationen über unsere Autoren und Bücher finden Sie auf unserer Website www.dtv.de

MIX
Papier aus verantwortungsvollen Quellen
FSC® C019821
FSC www.fsc.org

1. Auflage 2014
Deutscher Taschenbuch Verlag GmbH & Co. KG
München

Umschlagkonzept: Balk & Brumshagen
Umschlagbild: Cornelia von Seidlein
Druck und Bindung: Druckerei C.H.Beck, Nördlingen
Gedruckt auf säurefreiem, chlorfrei gebleichtem Papier
Printed in Germany · ISBN 978-3-423-14353-0

Inhalt

Vorbemerkung

»... der schönste Abend eines Kinderjahres«
Erich Kästner, *Als ich ein kleiner Junge war*

Weihnachten ist die Zeit der Rituale, der unveränderlichen Familienbräuche. Auch bei Kästners in Dresden. Schon in der Adventszeit gab es den selbstgebackenen Stollen, Heiligabend nach der Bescherung Würstchen und Kartoffelsalat und am ersten Weihnachtstag kam mittags die gebratene Gans mit Rotkraut, Klößen und Selleriesalat auf den Tisch. Das musste so sein, sonst war es kein Weihnachten. So erzählt es Erich Kästner in *Als ich ein kleiner Junge war*, und als er 1945 das erste Mal nicht mit seinen Eltern feiern kann, denkt er sehnsuchtsvoll an frühere Feste zurück *(Sechsundvierzig Heiligabende)*, bei denen er seiner Mutter Dinge geschenkt hat wie den topflosen Henkel oder die »sieben Sachen« – Begebenheiten, die zweifellos in den familiären Erinnerungsschatz eingegangen sind.

Dabei waren diese im Nachhinein leicht verklärten Heiligabende der Kinderzeit keine Stunden reinen Glücks gewesen. Im Gegenteil. In *Ein Kind hat Kummer* schildert Kästner, beklemmend, seine würgende Angst vor der Bescherung, bei der es allein von seinem diplomatischen Geschick abhing, die Rivalität zwischen den Eltern nicht offen zum Ausbruch kommen zu lassen. Wie gerne wäre der kleine Junge einfach nur selig gewesen über die vielen wunderbaren Geschenke.

Ob der kleine Erich wohl auch einmal heimlich im Geschenkversteck gestöbert hat und am Weihnachtsabend verstört war, weil er Freude und Überraschung heucheln musste – so wie der erwachsene Erich es in *Von der Neugierde* beschreibt?

Geschenke und die Vorfreude darauf sind für Kästner jedenfalls ein unerschöpfliches Thema: die möglichen Geschenke in den verlockend glitzernden Auslagen der weihnachtlich geschmückten Geschäftsstraßen *(Ein König auf Weihnachtsbummel)*, imaginäre Geschenke *(Modernes Märchen)*, unpraktische Geschenke oder solche aus Gedankenlosigkeit *(Parade am Weihnachtstisch)*, unangenehm protzige *(Eine nette Bescherung)*, rührend armselige *(Auch das geht vorüber)*, ergaunerte *(Feier mit Hindernissen)* oder eben – gar keine Geschenke wie in *Weihnachtslied, chemisch gereinigt* mit der bösen, alle freudige Erwartung konterkarierenden Anfangszeile »Morgen, Kinder, wird's nichts geben«.

In diesem Gedicht wie in anderen Texten dieser Auswahl *(Modernes Märchen, Auch das geht vorüber, Dem Revolutionär Jesus zum Geburtstag, Eine nette Bescherung)* spiegelt sich die prekäre wirtschaftliche Lage in den 20er Jahren des vorigen Jahrhunderts, die die ohnehin bestehende Kluft zwischen Arm und Reich noch vertieft hatte. Die Inflation war überstanden, die Weltwirtschaftskrise und mit ihr die Krise der Weimarer Republik sollten folgen. Aus *Brief an den Weihnachtsmann*, geschrieben 1930, spricht deutlich Kästners zunehmende Verzweiflung angesichts der herrschenden Verhältnisse.

Feier mit Hindernissen ist eine köstliche Groteske aus dem Berlin der Roaring Twenties, *Weihnachtschor der Buchhändler* mit seiner Werbung für »Bestselleriesalat« eine bei aller Zeitgebundenheit wundervoll zeitlos-freche Persiflage der ewigen Sorgen des Buchhandels.

Aber auch der menschenfreundliche Kinderbuchautor Kästner kommt in dieser Auswahl zu Wort – in *Felix holt Senf,* einem Weihnachtsmärchen vom verlorenen Sohn, und in der erstmals hier wieder abgedruckten Geschichte *Erster Advent im Internat,* deren Thema, die Trennung von Mutter und Sohn, auf Kästners eigene Internatserlebnisse zurückgeht und zugleich auf seltsam berührende Weise vorwegnimmt, was Kästner und seiner Mutter später selbst widerfuhr.

Auf Weihnachten folgen nur allzu bald Silvester und Neujahr. Und so schließt dieser Band mit dem bekannten kurzen Epigramm *Zum Neuen Jahr* und dem unbekannten und umso längeren Gedicht *Wieder 1. Januar,* in dem Kästner unser aller unausrottbare Neigung, gute Vorsätze zu fassen und sie nicht auszuführen, so freundlich wie unmissverständlich ironisiert.

München, September 2011 — Sylvia List

Die regelrechte Weihnachtsgeschichte

Diesmal wird es eine regelrechte Weihnachtsgeschichte. Eigentlich wollte ich sie schon vor zwei Jahren schreiben; und dann, ganz bestimmt, im vorigen Jahr. Aber wie das so ist, es kam immer etwas dazwischen. Bis meine Mutter neulich sagte: »Wenn du sie heuer nicht schreibst, kriegst du nichts zu Weihnachten!«

Damit war alles entschieden. Ich packte schleunigst meinen Koffer, legte den Tennisschläger, den Badeanzug, den grünen Bleistift und furchtbar viel Schreibpapier hinein und fragte, als wir schwitzend und abgehetzt in der Bahnhofshalle standen: »Und wohin nun?« Denn es ist begreiflicherweise sehr schwierig, mitten im heißesten Hochsommer eine Weihnachtsgeschichte zu verfassen. Man kann sich doch nicht gut auf den Hosenboden setzen und schreiben: »Es war schneidend kalt, der Schnee fiel in Strömen, und Herrn Doktor Eisenmayer erfroren, als er aus dem Fenster sah, beide Ohrläppchen« – ich meine, dergleichen kann man doch beim besten Willen nicht im August hinschreiben, während man wie ein Schmorbraten im Familienbad liegt und auf den Hitzschlag wartet! Oder?

Frauen sind praktisch. Meine Mutter wusste Rat. Sie trat an den Fahrkartenschalter, nickte dem Beamten freundlich zu und fragte: »Entschuldigen Sie, wo liegt im August Schnee?«

»Am Nordpol«, wollte der Mann erst sagen, dann aber erkannte er meine Mutter, unterdrückte seine vorlaute Bemerkung und meinte höflich: »Auf der Zugspitze, Frau Kästner.«

Und so musste ich mir auf der Stelle ein Billett nach Oberbayern lösen. Meine Mutter sagte noch: »Komme mir ja nicht ohne die Weihnachtsgeschichte nach Hause! Wenn's zu heiß wird, guckst du dir den Schnee auf der Zugspitze an! Verstanden?« Da fuhr der Zug los.

»Vergiss nicht, die Wäsche heimzuschicken«, rief meine Mutter hinterher.

Ich brüllte, um sie ein bisschen zu ärgern: »Und gieß die Blumen!« Dann winkten wir mit den Taschentüchern, bis wir einander entschwanden.

Und nun wohne ich seit vierzehn Tagen am Fuße der Zugspitze, an einem großen dunkelgrünen See, und wenn ich nicht gerade schwimme oder turne oder Tennis spiele oder mich von Karlinchen rudern lasse, sitz ich mitten in einer umfangreichen Wiese auf einer kleinen Holzbank, und vor mir steht ein Tisch, der in einem fort wackelt, und auf dem schreib ich nun also meine Weihnachtsgeschichte.

Rings um mich blühen die Blumen in allen Farben. Die Zittergräser verneigen sich respektvoll vor dem Winde. Die Schmetterlinge fliegen spazieren. Und einer von ihnen, ein großes Pfauenauge, besucht mich sogar manchmal. Ich hab ihn Gottfried getauft, und wir können uns gut leiden. Es vergeht kaum ein Tag, an dem er nicht angeflattert kommt und sich zutraulich auf mein Schreibpapier setzt. »Wie geht's, Gottfried?«, frage ich ihn dann, »ist das Leben noch frisch?« Er hebt und senkt, zur Antwort, leise seine Flügel und fliegt befriedigt seiner Wege.

Drüben am Rande des dunklen Tannenwaldes hat man einen großen Holzstoß gestapelt. Obendrauf kauert eine schwarz und weiß gefleckte Katze und starrt zu mir herüber. Ich habe sie stark im Verdacht, dass sie verhext ist, und wenn sie wollte, reden könnte. Sie will nur nicht. Jedes Mal, wenn ich mir eine Zigarette anzünde, macht sie einen Buckel.

Nachmittags reißt sie aus, denn dann wird es ihr zu heiß. Mir auch; ich bleib aber da. Trotzdem: So herumzuhocken, vor Hitze zu kochen und dabei zum Beispiel eine Schneeballschlacht zu beschreiben, das ist keine Kleinigkeit.

Da lehne ich mich dann weit auf meiner Holzbank zurück, schaue zur Zugspitze hinauf, in deren gewaltigen Felsklüften der kühle ewige Schnee schimmert – und schon kann ich weiterschreiben! An manchen Tagen freilich ziehen aus der Wetterecke des Sees Wolken herauf, schwimmen quer durch den Himmel auf die Zugspitze zu und türmen sich vor ihr auf, bis man nichts mehr von ihr sieht.

Da ist es natürlich mit dem Schildern von Schneeballschlachten und anderen ausgesprochen winterlichen Ereignissen vorbei. Aber das macht nichts. An solchen Tagen beschreib ich einfach Szenen, die im Zimmer spielen. Man muss sich zu helfen wissen!

Abends holt mich regelmäßig Eduard ab. Eduard ist ein bildhübsches braunes Kalb mit winzigen Hörnern. Man hört ihn schon von weitem, weil er eine Glocke umhängen hat. Erst läutet es ganz von ferne; denn das Kalb weidet oben auf einer Bergwiese. Dann dringt das Läuten immer näher und näher. Und schließlich ist Eduard zu sehen. Er tritt zwischen den hohen dunkelgrünen Tannen hervor, hat ein paar gelbe Margeriten im Maul, als hätte er sie extra für mich gepflückt, und trottet über die Wiese, bis zu meiner Bank.

»Nanu, Eduard, schon Feierabend?«, frag ich ihn. Er sieht mich groß an und nickt, und seine Kuhglocke läutet. Aber er frisst noch ein Weilchen, weil es hier herrliche Butterblumen und Anemonen gibt.

Und ich schreibe noch ein paar Zeilen. Und hoch oben in der Luft kreist ein Adler und schraubt sich in den Himmel hinauf.

Schließlich steck ich meinen grünen Bleistift weg und klopfe Eduard das warme glatte Kalbfell. Und er stupst mich mit den kleinen Hörnern, damit ich endlich aufstehe. Und dann bummeln wir gemeinsam über die schöne bunte Wiese nach Hause.

Vor dem Hotel verabschieden wir uns. Denn Eduard wohnt nicht im Hotel, sondern um die Ecke bei einem Bauern.

Neulich hab ich den Bauer gefragt. Und er hat gesagt, Eduard würde später sicher einmal ein großer Ochse werden.

Verhinderte Weihnachten

(Ein altes Kinderspiel, renoviert)

Zunächst verteile man die schönsten Rollen:
Der Gustav eignet sich – weil er mutiert –
zum Weihnachtsmann. Valeska bäckt die Stollen,
indem sie Semmeln mit Rosinen ziert.

Als Mutter lässt sich Frieda gut gebrauchen.
Denn sie ist dick und trägt bereits Frisur.
Und Karl muss Vater sein. Denn Karl kann rauchen.
Und außerdem besitzt er eine Uhr.

Die andern Kinder können Kinder bleiben.
Sie dürfen kratzen, Nase ziehn und schrein
und dürfen gern ein bisschen übertreiben.
Auch heulen dürfen sie. Doch nur zum Schein.

Dann werden die Rouleaus herabgelassen,
damit es dunkel wird und draußen schneit.
Der Karl muss öfters an den Ofen fassen
und murmeln: »O du liebe Weihnachtszeit!«

Und dann darf Gustav in das Zimmer treten.
Als Weihnachtsmann. Mit einem weißen Bart.
Und brummen muss er: »Könnt ihr denn auch beten?
Damit ich sehe, ob ihr artig wart!«

Da müssen alle Kinder schrecklich lachen
und rufen: Gustav sei kein Weihnachtsmann!
Mit ihnen wäre so was nicht zu machen!
Da geht dann Gustav wieder nebenan.

Jetzt müssen beide Eltern furchtbar zanken:
Pfui! Das erlebten sie zum ersten Mal!
Und solche Eltern könnten sich bedanken!
Und solche Kinder wären ein Skandal!

Zum Schluss muss Karl sich möglichst ernst gebärden,
und man muss spüren, dass er es beklagt:
»Da unsre Kinder täglich klüger werden«
– erklärt er – »wird die Feier abgesagt.«

Modernes Märchen

Sie waren so sehr ineinander verliebt,
Wie es das nur noch in Büchern gibt. –

Sie hatte kein Geld. Und er hatte keins.
Da machten sie Hochzeit und lachten sich eins.

Er war ohne Amt. So blieben sie arm.
Und speisten zweimal in der Woche warm.

Er nannte sie trotzdem: »Mein Schmetterling«.
Sie schenkte ihm Kinder, sooft es nur ging.

Sie wohnten möbliert und waren nie krank,
Die Kinder schliefen im Kleiderschrank …

Zu Weihnachten malten sie kurzerhand
Geschenke mit Buntstiften an die Wand.

Und aßen Brot, als wär' es Konfekt,
Und spielten: wie Gänsebraten schmeckt. –

Dergleichen stärkt wohl die Phantasie …
Drum wurde der Mann, blitzblatz!, ein Genie.

Schrieb schöne Romane. Verdiente viel Geld
Und wurde der reichste Mann auf der Welt.

Erst waren sie stolz. Doch dann tat's ihnen leid,
Denn der Reichtum schadet der Heiterkeit. –

Sie schenkten das Geld einem Waisenkind.
Und wenn sie nicht gestorben sind …

Erster Advent im Internat

Am Sonnabend mit der Nachmittagspost kam ein Brief von der Mutter. Heinrich nahm ihn mit in den Schlafsaal, wo er mit fünf Jungen hauste, und las:

»Mein Heini! Morgen ist nun Advent, der erste, den wir nicht zusammen feiern. Wie wird es meinem Jungen gehen? Ich werde in Gedanken bei Dir sein. Und am Nachmittag um fünf, da wirst Du auch einmal an Deine Mutter denken, nicht wahr? Ich stecke dann die Adventslichter an. Das dicke Rote kommt zuerst dran. Tante Marie und Johannes wollen am Abend zu mir kommen, damit ich nicht so allein bin. In diesem Jahre werde ich nach den Lichtern die Sonntage abzählen, bis mein Heinrich nach Hause kommt. Und dann ist Weihnachten. Darauf freut sich so sehr Dein Dich liebendes Muttchen.«

Als Heinrich den Brief gelesen hatte, würgte es ihm mächtig im Halse, und dicke Tränen kollerten über seine Backen. Er wühlte seinen Kopf in die Kissen, und gerade in dem Augenblick kam Karsten herein. »Na, was hast'n?«, fragte er und fasste Heinrich am Kragen. »Mach dich fort!«, sagte Heinrich. »Ich hab mich gestoßen!« Den ganzen Abend war Heinrich traurig. Er hatte auf einmal scheußliches Heimweh.

Am Montag aber schrieb er an seine Mutter:

»Liebe Mutter! Ich will Dir heute gleich mal schreiben, wie hier Advent war. Gleich am Morgen fing's an. Als wir aufwachten, hing an jedem Bett ein Strumpf aus Krepppapier, und da waren Äpfel und Nüsse und Makronen drin. Das hat Frau Dr. Rabengut gemacht, und Rabengut hat ihr geholfen. Und keiner ist aufgewacht! – Im Wohnzimmer war, wie jeden Morgen, Ansprache, und wir haben gesungen. Und nachher kam die große Überraschung. Das war der Speisesaal. Alle Gardinen waren zugezogen, damit es ganz dunkel war. In der Mitte vom Speisesaal hing ein Adventskranz, der war mit rotem Papier ausgefüllt, so dass man die Lampe nicht sehen konnte. Es war dadurch wunderbares rotes Licht im Saal. Auf jedem Tisch waren Adventstulpen aufgestellt. Das kennst Du noch nicht. Da waren Gläser mit rotem und grünem Seidenpapier umwickelt, so dass sie aussahen, als wären es Tulpen. In jeder Tulpe war ein Licht, das brannte. Diese brennenden Tulpen sahen sehr fein aus. Auf jedem Platz lag ein Streifen Papier, darauf war ein Vers. Wir haben beim Vorlesen sehr gelacht. Auf meinem Zettel stand:

Heinrich Hierde hat sein Hirn,
um sich dran zu stoßen,
und auf seiner Denkerstirn
blühen rote Rosen.
Geh mit dem Köpfchen sanfter um,
mein lieber Heinrich Hierde,
denn ein zerbeultes Köpfchen ist
wahrhaftig keine Zierde.

Das kommt, weil ich so klein bin. Ich stoß mich aber auch immer! – Das Frühstück am Advent war herrlich. Honigkuchen gab's und richtiges Gänseschmalz, so wie Du's machst, mit Apfelstückchen. Und Käse und Schinken. Nach dem Frühstück haben wir im Braunthaler Wald Holz fürs Kaminfeuer gesammelt. Sind wir beladen nach Hause gekommen! – Zum Mittagessen gab's Gänsebraten und Rotkraut. Und Weinspeise. Ich habe Frau Dr. Rabengut um das Rezept gebeten. Reutlinger hat beim Nachmittagsspaziergang erzählt, dass er das nicht kenne, dass man den ersten Advent feiere. Bei ihm zu Hause wäre das nicht. Da habe ich mich sehr gewundert. Zum Nachmittagskaffee hatte Frau Dr. Rabengut Kranzkuchen backen lassen. Sehr viel! Dann gingen wir ins Wohnzimmer, wo wir Dämmerstunde und Kaminfeuer machten. Peter Peitsch hat wunderbar Harmonium gespielt. Wir haben auch unsere Chorlieder gesungen, und Herr Davids, der zu Besuch war, hat Geschichten aus Mexiko erzählt. Da geht's immer gleich mit dem Lasso und dem Revolver los. Es war so interessant, dass wir gar nicht zum Abendbrot wollten. Frau Dr. Rabengut sagte, das wäre noch nicht dagewesen. – Bei uns riecht es jetzt im ganzen Hause nach Tanne und Weihnachten, und wir sind alle schon in Ferienstimmung. Sonst geht es mir gut, was ich von Dir auch hoffe. Viele Grüße von Deinem Sohn Heinrich.«

Und ganz klein kritzelte Heinrich noch ein P.S. unter seinen langen Brief:

»P.S. Ich habe am Sonntag um fünf auch an Dich gedacht. Ich habe gedacht: Jetzt zündet sie das rote Licht an. Und ich habe im Geiste so richtig gesehen, wie Du das machst. Hat es wieder Wachsflecke auf dem Tischtuch gegeben?«

Der Dezember

Das Jahr ward alt. Hat dünne Haar.
Ist gar nicht sehr gesund.
Kennt seinen letzten Tag, das Jahr.
Kennt gar die letzte Stund.

Ist viel geschehn. Ward viel versäumt.
Ruht beides unterm Schnee.
Weiß liegt die Welt, wie hingeträumt.
Und Wehmut tut halt weh.

Noch wächst der Mond. Noch schmilzt er hin.
Nichts bleibt. Und nichts vergeht.
Ist alles Wahn. Hat alles Sinn.
Nützt nichts, dass man's versteht.

Und wieder stapft der Nikolaus
durch jeden Kindertraum.
Und wieder blüht in jedem Haus
der goldengrüne Baum.

Warst auch ein Kind. Hast selbst gefühlt,
wie hold Christbäume blühn.
Hast nun den Weihnachtsmann gespielt
und glaubst nicht mehr an ihn.

Bald trifft das Jahr der zwölfte Schlag.
Dann dröhnt das Erz und spricht:
»Das Jahr kennt seinen letzten Tag,
und du kennst deinen nicht.«

Ein König auf Weihnachtsbummel

Dass ich ein kleiner Junge war, ist nun fünfzig Jahre her, und fünfzig Jahre sind immerhin ein halbes Jahrhundert. (…)

Damals gab es noch einen deutschen Kaiser. Er hatte einen hochgezwirbelten Schnurrbart im Gesicht, und sein Berliner Hof-Friseur machte in den Zeitungen und Zeitschriften für die vom Kaiser bevorzugte Schnurrbartbinde Reklame. Deshalb banden sich die deutschen Männer morgens nach dem Rasieren eine breite Schnurrbartbinde über den Mund, sahen albern aus und konnten eine halbe Stunde lang nicht reden.

Einen König von Sachsen hatten wir übrigens auch. Des Kaisers wegen fand jedes Jahr ein Kaisermanöver statt, und dem König zuliebe, anlässlich seines Geburtstags, eine Königsparade. Die Uniformen der Grenadiere und Schützen, vor allem aber der Kavallerieregimenter, waren herrlich bunt. Und wenn, auf dem Alaunplatz in Dresden, die Gardereiter mit ihren Kürassierhelmen, die Großenhainer und Bautzener Husaren mit verschnürter Attila und brauner Pelzmütze, die Oschatzer und Rochlitzer Ulanen mit Ulanka und Tschapka und die Reitenden Jäger, allesamt hoch zu Ross, mit gezogenem Säbel und erhobener Lanze an der königlichen Tribüne vorübertrabten, dann war die Begeisterung groß, und alles schrie Hurra. Die Trompeten schmetterten. Die Schellenbäume klingelten. Und die Pauker schlugen auf ihre Kesselpauken, dass es nur so dröhnte. Diese Paraden waren die prächtigsten und teuersten Revuen und Operetten, die ich in meinem Leben gesehen habe.

Der Monarch, dessen Geburtstage so bunt und laut gefeiert wurden, hieß Friedrich August. Und er war der letzte sächsische König. Doch das wusste er damals noch nicht. Manchmal fuhr er mit seinen Kindern durch die Residenzstadt. Neben dem Kutscher saß, mit verschränkten Armen und einem schillernden Federhut, der Leibjäger. Und aus dem offenen Wagen winkten die kleinen Prinzen und Prinzessinnen uns anderen Kindern zu. Der König winkte auch. Und er lächelte freundlich. Wir winkten zurück und bedauerten ihn ein bisschen. Denn wir und alle Welt wussten ja, dass ihm seine Frau, die Königin von Sachsen, davongelaufen war. Mit Signore Toselli, einem italienischen Geiger! So war der König eine lächerliche Figur geworden, und die Prinzessinnen und Prinzen hatten keine Mutter mehr.

Um die Weihnachtszeit spazierte er manchmal, ganz allein und mit hochgestelltem Mantelkragen, wie andere Offiziere auch, durch die abendlich funkelnde Prager Straße und blieb nachdenklich vor den schimmernden Schaufenstern stehen. Für Kinderkleider und Spielwaren interessierte er sich am meisten. Es schneite. In den Läden glitzerten die Christbäume. Die Passanten stießen sich an, flüsterten: »Der König!«, und gingen eilig weiter, um ihn nicht zu stören. Er war einsam. Er liebte seine Kinder. Und deshalb liebte ihn die Bevölkerung. Wenn er in die Fleischerei Rarisch hineingegangen wäre und zu einer der Verkäuferinnen gesagt hätte: »Ein Paar heiße Altdeutsche, mit viel Senf, zum Gleichessen!«, wäre sie bestimmt nicht in die Knie gesunken, und sie hätte sicher nicht geantwortet:

»Es ist uns eine hohe Ehre, Majestät!« Sie hätte nur gefragt: »Mit oder ohne Semmel?« Und wir anderen, auch meine Mutter und ich, hätten beiseitegeschaut, um ihm den Appetit nicht zu verderben. Aber er traute sich wohl nicht recht. Er ging nicht zu Rarisch, sondern die Seestraße entlang, blieb vor Lehmann & Leichsenring, einem schönen Delikatessengeschäft, stehen, passierte den Altmarkt, schlenderte die Schlossstraße hinunter, musterte, bei Zeuner in der Auslage, die in Schlachtformation aufgestellten Nürnberger Zinnsoldaten, und dann war es mit seinem Weihnachtsbummel auch schon vorbei! Denn auf der anderen Straßenseite stand das Schloss. Man hatte ihn bemerkt. Die Wache sprang heraus. Kommandoworte ertönten. Das Gewehr wurde präsentiert. Und der letzte König von Sachsen verschwand, unter Anlegen der Hand an die Mütze, in seiner viel zu großen Wohnung.

Weihnachtschor der Buchhändler

Wir sind das Völkchen der Denker und Dichter.
Treten Sie näher, kaufen Sie ein!
Und schneiden Sie nicht so saure Gesichter.
Hier gibt es Bücher, treten Sie 'rein!

Uns wird das Zelt und die Brust zu eng.
Überall häuft sich die Literatur.
Bücher kaufen reinigt den Teint.
Bücher lesen verjüngt die Figur.

So greifen Sie doch in die Bücherberge!
Das Buch wird billig, der Geist wird stark.
Schenken Sie Schulzes Gesammelte Werke.
Der Opelpreisträger für eine Mark.

Das Superlativste der Superlative
bringen wir dieses Mal in Vertrieb.
Kaufen Sie umgehend Haarmanns Briefe,
die er während der Hinrichtung schrieb.

Den »Kampf mit den Gracchen« von Felix Dahn
kann man für zwei fünfundachtzig haben.
Kaufen Sie unsern Nachkriegsroman
»Als Scheuerfrau im Schützengraben«.

Wer Bücher schenkt, der schenkt was Reelles.
Denn Bücher lesen erhält den Staat.
Kaufen Sie Bülow, kaufen Sie Wallace.
Nährt Euch von Bestselleriesalat!

Hier gibt es Bücher, Verleger, Autoren.
Blättern Sie, bitte, darin herum!
Ein Schrei bricht der Literatur aus den Poren:
Es fehlt nur an einem, am Publikum!

Drum schrein wir im Chor und schrein um die Wette.
Treten Sie näher, kaufen Sie ein!
Der deutsche Christbaum als Bildungsstätte!
Kommense rüber! Tretense 'rein!

Von der Neugierde

Wenn meine Mutter einen Roman liest, macht sie das so: Erst liest sie die ersten zwanzig Seiten, dann den Schluss, dann blättert sie in der Mitte, und nun nimmt sie erst das Buch richtig vor und liest es von Anfang bis Ende durch. Warum macht sie das? Sie muss, ehe sie den Roman in Ruhe lesen kann, wissen, wie er endet. Es lässt ihr sonst keine Ruhe. Gewöhnt euch das nicht an! Und falls ihr es schon so macht, gewöhnt es euch wieder ab, ja?

Das ist nämlich so, als wenn ihr vierzehn Tage vor Weihnachten in Mutters Schrank stöbert, um vorher zu erfahren, was ihr geschenkt kriegt. Und wenn ihr dann zur Bescherung gerufen werdet, wisst ihr schon alles. Ist das nicht schrecklich? Da müsst ihr dann überrascht tun, aber ihr wisst ja längst, was ihr bekommt, und eure Eltern wundern sich, warum ihr euch gar nicht richtig freut. Euch ist das Weihnachtsfest verdorben, und ihnen auch.

Und als ihr heimlich im Schrank herumsuchtet und die Geschenke vierzehn Tage früher fandet, hattet ihr, vor lauter Angst, überrascht zu werden, auch keine rechte Freude. Man muss abwarten können. Die Neugierde ist der Tod der Freude.

Brief an den Weihnachtsmann

Lieber, guter Weihnachtsmann,
weißt du nicht, wie's um uns steht?
Schau dir mal den Globus an.
Da hat einer dran gedreht.

Alle stehn herum und klagen.
Alle blicken traurig drein.
Wer es war, ist schwer zu sagen.
Keiner will's gewesen sein.

In den Straßen knallen Schüsse.
Irgendwer hat uns verhext.
Lass den Christbaum und die Nüsse
diesmal, wo der Pfeffer wächst.

Auch um Lichter wär es schade.
Hat man es dir nicht erzählt?
Und bring keine Schokolade,
weil uns ganz was andres fehlt.

Uns ist gar nicht wohl zumute.
Kommen sollst du, aber bloß
mit dem Stock und mit der Rute.
(Und nimm beide ziemlich groß.)

Breite deine goldnen Flügel
aus und komm zu uns herab.
Dann verteile deine Prügel.
Aber, bitte, nicht zu knapp.

Lege die Industriellen
kurz entschlossen übers Knie.
Und wenn sie sich harmlos stellen,
glaube mir, so lügen sie.

Ziehe denen, die regieren,
bitteschön, die Hosen stramm.
Wenn sie heulen und sich zieren,
zeige ihnen ihr Programm.

Und nach München lenk die Schritte,
wo der Hitler wohnen soll.
Hau dem Guten, bitte, bitte,
den Germanenhintern voll!

Komm und zeige dich erbötig
und verhau sie, dass es raucht!
Denn sie haben's bitter nötig.
Und sie hätten's längst gebraucht.

Komm, erlös uns von der Plage,
weil ein Mensch das gar nicht kann.
Ach, das wären Feiertage,
lieber, guter Weihnachtsmann!

Auch das geht vorüber

Manchmal braucht man gar nicht sehr zu rütteln, wenn der Himmel einstürzen soll. Eine einzige ungeschickte Bewegung genügt dann, und er bricht über uns zusammen. Später – nachdem wir ihn wieder aufgerichtet und notdürftig geflickt haben – könnten wir fast darüber lächeln. Wir könnten es tun! Doch wir lassen es schließlich, weil wir die Erinnerung nicht weglächeln können. Wenn eine Puppe zerbricht, geht einem Kinde die Welt unter. (Freilich nur vorübergehend.)

Bei Steinthal und Frau kam es so: Sie waren ein halbes Jahr verheiratet, bewohnten irgendwo zwei Zimmer und gingen beide ins Büro. Er war Buchhalter im Kaufhaus Goldmann. Sie befasste sich in einer Filiale der Deutschen Bank mit Kontoauszügen. So hätten sie ganz anständig leben können, wenn sie nicht das für heute recht anspruchsvolle Bedürfnis gehabt hätten, eigene Möbel zu besitzen. So hatten sie nach ihrem in den bayrischen Alpen verbrachten vierzehntägigen Hochzeitsurlaub damit begonnen, ihre zwei leer gemieteten Zimmer hübsch und behaglich einzurichten. Mit dem traurigen Resultat, dass sie seitdem Monat für Monat an den Tapezierer Gerstmann fünfzig Mark, an den Malermeister Fritsche zwanzig Mark, an die Möbelfirma Hecht siebzig Mark und an ein Gardinengeschäft in der Seilergasse dreißig Mark abzuzahlen hatten. Hundertsiebzig Mark im Monat!

So kam es, dass sie von einem Spaziergang durch die Altstadt an einem Dezemberabend sehr herabgestimmt nach Hause zurückkehrten. Und so kam es, dass die junge Frau, am Fenster stehend, sagte: »Weißt du … ich glaube, wir werden uns nichts zu Weihnachten schenken können.«

»Es ist zwar das erste Weihnachten seit unsrer Hochzeit«, meinte er bedrückt und wusste nicht weiter.

»Das hilft nun alles nichts. Wir holen es im nächsten Jahre nach.«

»Gut«, sagte Steinthal.

»Versprich mir, dass du kein einziges Geschenk kaufen wirst!«

»Aber nur, wenn du dasselbe versprichst …«

»Selbstverständlich.« Steinthal und Frau waren sich einig. Wenn er nun vom Büro aus abends durch die Geschäftsstraßen lief, wagte er kaum, in die Schaufenster zu sehen, und nie blieb er auch nur einen Augenblick vor ihnen stehen. Er konnte ihr nichts schenken. Und außerdem, er durfte es ja nicht einmal.

Einen kleinen Christbaum hatten sie natürlich gekauft. Ein bisschen Schokolade und ein paar Fäden Silberhaar hingen auch daran. Doch als sie dann am Heiligen Abend auf dem kleinen grünen Sofa saßen, das noch nicht ganz bezahlt war, fühlte er sich recht elend und bemitleidenswert. Sie zündete das halbe Dutzend Kerzen an, das, wie der Krämer beschworen hatte, nicht tropfen würde. Er schaute betrübt lächelnd zu, fuhr ihr verlegen streichelnd über den Rücken und sagte: »Du hättest doch einen reichen Mann nehmen sollen. Es ist schon wahr, wir haben unsere Möbel … Satt gegessen haben wir uns ja wohl auch … Aber trotzdem, ich hätte dir so gern irgend etwas Hübsches geschenkt. In der Seestraße, bei Blusen-Pracht, lagen so schöne …«

Da war sie aber schon ins Nebenzimmer gelaufen, und er saß allein. »Alter Esel«, meinte er zu sich selber, »nun sitzt sie nebenan auf dem Bett und heult.«

Plötzlich fühlte er ihre Hände vor seinen Augen. Ein Schreck durchfuhr ihn. Und sein Herz begann laut zu klopfen.

»Du darfst mir nicht böse sein«, hörte er sie sprechen. »Du darfst nicht böse sein, aber ich brachte es nicht übers Herz.« Dann löste sie ihre Hände von seinem Gesicht. Vor ihm, auf dem Tisch, lag eine grün und schwarz gestreifte Krawatte, und daneben glitzerten, in einer kleinen samten ausstaffierten Schachtel, zwei schöne Manschettenknöpfe …

Es waren unheimliche Minuten. Er brachte kein Wort heraus. Ihr Gesicht, das eben noch vergnügt getan hatte, verzog sich Zug um Zug, bis es ganz ängstlich und verzweifelt aussah.

Er erhob sich, legte die Geschenke beiseite, dass sie vom Tisch fielen, und holte Hut und Mantel. Als er angezogen zurückkam, saß sie auf dem (noch nicht völlig bezahlten) Teppich, suchte die Manschettenknöpfe zusammen und schluchzte.

Beide waren so unglücklich! Er, weil er sein Wort gehalten, und sie, weil sie ihm etwas zu Weihnachten geschenkt hatte. Sie wussten sich keinen Rat. Sie kamen nicht auf den Gedanken, einander Vorwürfe zu machen. Denn jeder wusste vom andern: Er hat es gut gemeint.

Sie waren nur hoffnungslos traurig. So traurig, wie eigentlich nur Kinder sein können. Es ist schon so: Der Himmel war eingestürzt. Alles war zertrümmert.

So blieb es lange … Er stand in Hut und Mantel an der Tür. Sie saß auf dem Teppich und weinte die neue Krawatte nass.

Später wagte sie es, den Kopf ein wenig zu heben, und fragte flüsternd: »Bist du mir sehr böse?«

Da kniete er in Hut und Mantel neben ihr nieder und sagte, beinahe lächelnd: »Nein.«

Und dann begannen sie, den Himmel wieder aufzurichten. Das war eine sehr traurige und zugleich sehr glücklich machende Weihnachtsbeschäftigung.

Weihnachtslied, chemisch gereinigt

(Nach der Melodie: »Morgen, Kinder, wird's was geben!«)

Morgen, Kinder, wird's nichts geben!
Nur wer hat, kriegt noch geschenkt.
Mutter schenkte euch das Leben.
Das genügt, wenn man's bedenkt.
Einmal kommt auch eure Zeit.
Morgen ist's noch nicht so weit.

Doch ihr dürft nicht traurig werden.
Reiche haben Armut gern.
Gänsebraten macht Beschwerden.
Puppen sind nicht mehr modern.
Morgen kommt der Weihnachtsmann.
Allerdings nur nebenan.

Lauft ein bisschen durch die Straßen!
Dort gibt's Weihnachtsfest genug.
Christentum, vom Turm geblasen,
macht die kleinsten Kinder klug.
Kopf gut schütteln vor Gebrauch!
Ohne Christbaum geht es auch.

Tannengrün mit Osrambirnen –
lernt drauf pfeifen! Werdet stolz!
Reißt die Bretter von den Stirnen,
denn im Ofen fehlt's an Holz!
Stille Nacht und heil'ge Nacht –
weint, wenn's geht, nicht! Sondern lacht!

Morgen, Kinder, wird's nichts geben!
Wer nichts kriegt, der kriegt Geduld!
Morgen, Kinder, lernt fürs Leben!
Gott ist nicht allein dran schuld.
Gottes Güte reicht so weit …
Ach, du liebe Weihnachtszeit!

Ein Kind hat Kummer

Es gibt viele gescheite Leute auf der Welt, und manchmal haben sie recht. Ob sie recht haben, wenn sie behaupten, Kinder sollten unbedingt Geschwister haben, nur weil sie sonst zu allein aufwüchsen, verzärtelt würden und fürs ganze Leben Eigenbrötler blieben, weiß ich nicht. Auch gescheite Leute sollten sich vor Verallgemeinerungen hüten. Zwei mal zwei ist immer und überall vier, in Djakarta, auf der Insel Rügen, sogar am Nordpol; und es stimmte auch schon unter Kaiser Barbarossa. Doch bei manchen anderen Behauptungen liegen die Dinge anders. Der Mensch ist kein Rechenexempel. Was auf den kleinen Fritz zutrifft, muss bei dem kleinen Karl nicht stimmen.

Ich blieb das einzige Kind meiner Eltern und war damit völlig einverstanden. Ich wurde nicht verzärtelt und fühlte mich nicht einsam. Ich besaß ja Freunde! Hätte ich einen Bruder mehr lieben können als Kießlings Gustav und eine Schwester herzlicher als meine Kusine Dora? Freunde kann man sich aussuchen, Geschwister nicht. Freunde wählt man aus freien Stücken, und wenn man spürt, dass man sich ineinander geirrt hat, kann man sich trennen. Solch ein Schritt tut weh, denn dafür gibt es keine Narkose. Doch die Operation ist möglich, und die Heilung der Wunde im Herzen auch.

Mit Geschwistern ist das anders. Man kann sie sich nicht aussuchen. Sie werden ins Haus geliefert. Sie treffen per Nachnahme ein, und man darf sie nicht zurückschicken. Geschwister sendet das Schicksal nicht auf Probe. Zu unserm Glück können aus Geschwistern Freunde werden. Häufig bleiben sie nur Geschwister. Manchmal werden sie zu Feinden. Das Leben und die Romane erzählen über das Thema schöne und rührende, aber auch traurige und schreckliche Geschichten. Ich habe manche gehört und gelesen. Aber mitreden, das kann ich nicht. Denn ich blieb, wie gesagt, das einzige Kind und war damit einverstanden.

Nur einmal in jedem Jahre hätte ich sehnlich gewünscht, Geschwister zu besitzen: am Heiligabend! Am ersten Feiertag hätten sie ja gut und gerne wieder fortfliegen können, meinetwegen erst nach dem Gänsebraten mit den rohen Klößen, dem Rotkraut und dem Selleriesalat. Ich hätte sogar auf meine eigene Portion verzichtet und stattdessen Gänseklein gegessen, wenn ich nur am 24. Dezember abends nicht allein gewesen wäre! Die Hälfte der Geschenke hätten sie haben können, und es waren wahrhaftig herrliche Geschenke!

Und warum wollte ich gerade an diesem Abend, am schönsten Abend eines Kinderjahres, nicht allein und nicht das einzige Kind sein? Ich hatte Angst. Ich fürchtete mich vor der Bescherung! Ich hatte Furcht davor und durfte sie nicht zeigen. Es ist kein Wunder, dass ihr das nicht gleich versteht. Ich habe mir lange überlegt, ob ich darüber sprechen solle oder nicht. Ich will darüber sprechen! Also muss ich es euch erklären.

Meine Eltern waren, aus Liebe zu mir, aufeinander eifersüchtig. Sie suchten es zu verbergen, und oft gelang es ihnen. Doch am schönsten Tag im Jahr gelang es ihnen nicht. Sie nahmen sich sonst, meinetwegen, so gut zusammen, wie sie konnten, doch am Heiligabend konnten sie es nicht sehr gut. Es ging über ihre Kraft. Ich wusste das alles und musste, uns dreien zuliebe, so tun, als wisse ich's nicht.

Wochenlang, halbe Nächte hindurch, hatte mein Vater im Keller gesessen und, zum Beispiel, einen wundervollen Pferdestall gebaut. Er hatte geschnitzt und genagelt, geleimt und gemalt, Schriften gepinselt, winziges Zaumzeug zugeschnitten und genäht, die Pferdemähnen mit Bändern durchflochten, die Raufen mit Heu gefüllt, und immer noch war ihm, beim Blaken der Petroleumlampe, etwas eingefallen, noch ein Scharnier, noch ein Beschlag, noch ein Haken, noch ein Stallbesen, noch eine Haferkiste, bis er endlich zufrieden schmunzelte und wusste: »Das macht mir keiner nach!«

Ein andermal baute er einen Rollwagen mit Bierfässern, Klappleitern, Rädern mit Naben und Eisenbändern, ein solides Fahrzeug mit Radachsen und auswechselbaren Deichseln, je nachdem, ob ich zwei Pferde oder nur eins einspannen wollte, mit Lederkissen fürs Abladen der Fässer, mit Peitschen und Bremsen am Kutschbock, und auch dieses Spielzeug war ein fehlerloses Meisterstück und Kunstwerk!

Es waren Geschenke, bei deren Anblick sogar Prinzen die Hände überm Kopf zusammengeschlagen hätten, aber Prinzen hätte mein Vater sie nicht geschenkt.

Wochenlang, halbe Tage hindurch, hatte meine Mutter die Stadt durchstreift und die Geschäfte durchwühlt. Sie kaufte jedes Jahr Geschenke, bis sich deren Versteck, die Kommode, krumm bog.

Sie kaufte Rollschuhe, Ankersteinbaukästen, Buntstifte, Farbtuben, Malbücher, Hanteln und Keulen für den Turnverein, einen Faustball für den Hof, Schlittschuhe, musikalische Wunderkreisel, Wanderstiefel, einen Norwegerschlitten, ein Kästchen mit Präzisionszirkeln auf blauem Samt, einen Kaufmannsladen, einen Zauberkasten, Kaleidoskope, Zinnsoldaten, eine kleine Druckerei mit Setzbuchstaben und, von Paul Schurig und den Empfehlungen des Sächsischen Lehrervereins angeleitet, viele, viele gute Kinderbücher. Von Taschentüchern, Strümpfen, Turnhosen, Rodelmützen, Wollhandschuhen, Sweatern, Matrosenblusen, Badehosen, Hemden und ähnlich nützlichen Dingen ganz zu schweigen.

Es war ein Konkurrenzkampf aus Liebe zu mir, und es war ein verbissener Kampf. Es war ein Drama mit drei Personen, und der letzte Akt fand, alljährlich, am Heiligabend statt. Die Hauptrolle spielte ein kleiner Junge. Von seinen Talent aus dem Stegreif hing es ab, ob das Stück eine Komödie oder ein Trauerspiel wurde. Noch heute klopft mir, wenn ich daran denke, das Herz bis in den Hals.

Ich saß in der Küche und wartete, dass man mich in die gute Stube riefe, unter den schimmernden Christbaum, zur Bescherung. Meine Geschenke hatte ich parat: für den Papa ein Kistchen mit zehn oder gar fünfundzwanzig Zigarren, für die Mama einen Schal, ein selbst gemaltes Aquarell oder – als ich einmal nur noch fünfundsechzig Pfennige besaß – in einem Karton aus Kühnes Schnittwarengeschäft, hübsch verpackt, die sieben Sachen. Die sieben Sachen? Ein Röllchen weißer und ein Röllchen schwarzer Seide, ein Heft Stecknadeln und ein Heft Nähnadeln, eine Rolle weißen Zwirn, eine Rolle schwarzen Zwirn und ein Dutzend mittelgroßer schwarzer Druckknöpfe, siebenerlei Sachen für fünfundsechzig Pfennige. Das war, fand ich, eine Rekordleistung! Und ich wäre stolz darauf gewesen, wenn ich mich nicht so gefürchtet hätte.

Ich stand also am Küchenfenster und blickte in die Fenster gegenüber. Hier und dort zündete man schon die Kerzen an. Der Schnee auf der Straße glänzte im Laternenlicht. Weihnachtslieder erklangen. Im Ofen prasselte das Feuer, aber ich fror. Es duftete nach Rosinenstollen, Vanillezucker und Zitronat. Doch mir war elend zumute. Gleich würde ich lächeln müssen, statt weinen zu dürfen.

Und dann hörte ich meine Mutter rufen: »Jetzt kannst du kommen!« Ich ergriff die hübsch eingewickelten Geschenke für die beiden und trat in den Flur. Die Zimmertür stand offen. Der Christbaum strahlte. Vater und Mutter hatten sich links und rechts vom Tisch postiert, jeder neben seine Gaben, als sei das Zimmer samt dem Fest halbiert. »Oh«, sagte ich, »wie schön!«, und meinte beide Hälften. Ich hielt mich noch in der Nähe der Tür, so dass mein Versuch, glücklich zu lächeln, unmissverständlich beiden galt. Der Papa, mit der erloschnen Zigarre im Munde, beschmunzelte den firnisblanken Pferdestall. Die Mama blickte triumphierend auf das Gabengebirge zu ihrer Rechten. Wir lächelten zu dritt und überlächelten unsre dreifache Unruhe. Doch ich konnte nicht an der Tür stehen bleiben!

Zögernd ging ich auf den herrlichen Tisch zu, auf den halbierten Tisch, und mit jedem Schritt wuchsen meine Verantwortung, meine Angst und der Wille, die nächste Viertelstunde zu retten. Ach, wenn ich allein gewesen wäre, allein mit den Geschenken und dem himmlischen Gefühl, doppelt und aus zweifacher Liebe beschenkt zu werden! Wie selig wär ich gewesen, und was für ein glückliches Kind! Doch ich musste meine Rolle spielen, damit das Weihnachtsstück gut ausgehe. Ich war ein Diplomat, erwachsener als meine Eltern, und hatte dafür Sorge zu tragen, dass unsre feierliche Dreierkonferenz unterm Christbaum ohne Missklang verlief. Ich war, schon mit fünf und sechs Jahren und später erst recht, der Zeremonienmeister des Heiligen Abends und entledigte mich der schweren Aufgabe mit großem Geschick. Und mit zitterndem Herzen.

Ich stand am Tisch und freute mich im Pendelverkehr. Ich freute mich rechts, zur Freude meiner Mutter. Ich freute mich an der linken Tischhälfte über den Pferdestall im Allgemeinen. Dann freute ich mich wieder rechts, diesmal über den Rodelschlitten, und dann wieder links, besonders über das Lederzeug. Und noch einmal rechts, und noch einmal links, und nirgends zu lange, und nirgends zu flüchtig. Ich freute mich ehrlich und musste meine Freude zerlegen und zerlügen. Ich gab beiden je einen Kuß auf die Backe. Meiner Mutter zuerst. Ich verteilte meine Geschenke und begann mit den Zigarren. So konnte ich, während der Papa das Kistchen mit seinem Taschenmesser öffnete und die Zigarren beschnupperte, bei ihr ein wenig länger stehen bleiben als bei ihm. Sie bewunderte ihr Geschenk, und ich drückte sie heimlich an mich, so heimlich, als sei es eine Sünde. Hatte er es trotzdem bemerkte? Machte es ihn traurig?

Nebenan, bei Grüttners, sangen sie: »O du fröhliche, o du selige gnadenbringende Weihnachtszeit!« Mein Vater holte ein Portemonnaie aus der Tasche, das er im Keller zugeschnitten und genäht hatte, hielt es meiner Mutter hin und sagte: »Das hätt ich ja beinahe vergessen!« Sie zeigte auf ihre Tischhälfte, wo für ihn Socken, warme lange Unterhosen und ein Schlips lagen. Manchmal fiel ihnen, erst wenn wir bei Würstchen und Kartoffelsalat saßen, ein, dass sie vergessen hatten, einander ihre Geschenke zu geben. Und meine Mutter meinte: »Das hat ja Zeit bis nach dem Essen.«

Anschließend gingen wir zu Onkel Franz. Es gab Kaffee und Stollen. Dora zeigte mir ihre Geschenke. Tante Lina klagte ein bisschen über ihre Aderbeine. Der Onkel griff nach einer Havannakiste, hielt sie meinem Vater unter die Nase und sagte: »Da, Emil! Nun rauch mal 'ne anständige Zigarre!« Der Papa erklärte, leicht gekränkt: »Ich hab selber welche!« Onkel Franz meinte ärgerlich: »Nun nimm schon eine! So was kriegst du nicht alle Tage!« Und mein Vater sagte: »Ich bin so frei.«

Frieda, die Wirtschafterin und treue Seele, schleppte Stollen, Pfefferkuchen, Rheinwein oder, wenn der Winter kalt geraten war, dampfenden Punsch herbei und setzte sich mit an den Tisch. Dora und ich versuchten uns auf dem Klavier an Weihnachtsliedern, der »Petersburger Schlittenfahrt« und dem »Schlittschuhwalzer«. Und Onkel Franz begann meine Mutter zu hänseln, indem er aus der Kaninchenhändlerzeit erzählte. Er machte uns vor, wie die Schwester damals ihre Brüder verklatscht hätte. Meine Mutter wehrte sich, so gut sie konnte. Aber gegen Onkel Franz und seine Stimme war kein Kraut gewachsen. »Eine alte Klatschbase warst du!«, rief er laut, und zu meinem Vater sagte er übermütig: »Emil, deine Frau war schon als Kind zu fein für uns!« Mein Vater blinzelte stillvergnügt über den Brillenrand, trank einen Schluck Wein, wischte sich den Schnurrbart und genoss es von ganzem Herzen, dass meine Mutter endlich einmal nicht das letzte Wort haben sollte. Das war für ihn das schönste Weihnachtsgeschenk! Sie hatte vom Weintrinken rote Bäckchen bekommen. »Ihr wart ganz gemeine, niederträchtige und faule Lausejungen!«, rief sie giftig. Onkel Franz freute sich, dass sie sich ärgerte. »Na und, Frau Gräfin?«, gab er zur Antwort. »Aus uns ist trotzdem was geworden!« Und er lachte, dass die Christbaumkugeln schepperten.

Weihnachtliches Dorf

Draußen, wo die Welt zu Ende geht,
liegt ein Dörfchen, hingeduckt und winzig.
Und sogar der liebe Gott besinnt sich
manchmal gar nicht, wo es steht.

Wenn der Winter an der Reihe ist
und die Wolken Schnee vom Himmel schütten,
dann verstecken sich die braunen Hütten,
bis das Dorf sich selbst vergisst.

Eines Abends wird das anders sein!
Tannenbäume fangen an zu schimmern.
Fromme Lieder tönen aus den Zimmern.
Und der Weihnachtsmann tritt ein.

Tags darauf ist alles wieder still.
Nur die Kinder gehen sich besuchen.
Und die Mütter bringen immer Kuchen,
bis man nicht mehr kosten will.

Schweigen sinkt wie früher auf das Feld.
Schwäne ziehn mit einem Flügelschlage
übers Dorf und seine Feiertage
und verschwinden in der Welt …

Feier mit Hindernissen

Jene Feier, von der ich sogleich berichten werde, fand im vorigen Jahr bei Harriet Spencer statt. Ich hatte Harriet kennengelernt, als sie noch Elevin der Stein'schen Akrobatikschule war. Dort hatte ich sie eines Tages versonnen in einer Ecke stehen und das linke Bein fast schwermütig über die rechte Schulter legen sehen. Wie sie das wohl mache, hatte ich höflich gefragt, und ob sie keine Knochen habe und woran sie während solcher Kunststücke denke. Seitdem duzten wir uns.

Nun traf ich sie, am Nachmittag des Heiligabends, zufällig wieder. Sie hatte die ersten Engagements, in Köln und Manchester, hinter sich und trat in Berlin auf. »Tag, Paula«, sagte ich. (Harriet Spencer hieß sie nur im Varieté.) Und sie lud mich zur Weihnachtsfeier ein. Es kämen ein paar nette Kollegen. Die Arbeitsstätte sei am Heiligen Abend geschlossen. Die Gelegenheit sei günstig.

Weil ich nicht im engeren Sinne Familiäres vorhatte, ging ich hin. Es waren mehrere Herren und Damen anwesend, und Paula rief, nun könne das Essen anfangen. Die Wirtin kam ins Zimmer und trug einen Stoß Teller. Einer der Herren fragte, ob er behilflich sein dürfe, griff nach den Tellern und warf einen nach dem andern, quer durchs Zimmer, auf den Tisch, an dem wir saßen. Dann pfiffen Messer und Gabeln an unsern Ohren vorbei und legten sich gehorsam neben die Teller. Die Wirtin schrie um Hilfe. Aber der Herr sagte freundlich: »Keine Sorge, liebe Frau, ich bin der weltberühmte

Jongleur Mazeppa.« Und dann schleuderte er dampfende Frankfurter Würstchen, für jeden Gast ein Paar, auf die Teller. Ich bin ein offener Charakter; zu lügen widersteht mir; ich erkläre, dass er den Kartoffelsalat auszuteilen der Wirtin überließ. Wegen der Mayonnaise.

Wir waren unsrer sieben. Und Paula sagte, Alfredo, der Luftakt, fehle noch, doch die Haustür sei bis zehn offen. Wir wünschten einander Appetit und begannen zu essen. Da erhob sich ein würdig wirkender, vollbärtiger Herr, und wir legten die Bestecke beiseite, um seiner Tafelrede zu lauschen. Er sagte aber gar nichts, lächelte nur höflich, packte das Tischtuch und riss es blitzartig unter den Tellern und Gläsern fort. Das Geschirr klirrte kaum. Paula sah, dass ich zusammenzuckte, und meinte begütigend, Professor Bellini sei ein großer Zauberkünstler. Ich entgegnete, ich habe einen nervösen Magen. Der Professor bat um Entschuldigung. »Schon gut«, sagte ich, leicht verstimmt.

Wir aßen unsre Frankfurter Würstchen. »Eigentlich wollte ich einen Christbaum mitbringen«, sagte Professor Bellini zu Paula, »aber ich dachte, du hättest einen.«

»Nein, Alfredo wollte ihn besorgen«, meinte Paula.

»Ich begreife nicht, wo der Kerl bleibt«, erklärte eine muskulöse Blondine.

»Alfredos Partnerin, sie heißt Elvira«, flüsterte mir Paula ins Ohr. Da klopfte es, als poche jemand gegen Glas.

»Da ist er endlich«, rief Elvira und lief blindlings zum Fenster. Sie öffnete es; draußen, die Winternacht im Rücken, stand ein eleganter junger Mann. Er hielt einen allerliebsten Tannenbaum, der mit brennenden Kerzen besteckt war, in der Hand und wünschte Fröhliche Weihnachten.

»Ist er wirklich sämtliche vier Stockwerke draußen am Haus hochgeklettert?«, fragte ich ernstlich erschrocken. Paula nickte und schien sich nicht zu wundern. Alfredo reichte den brennenden Tannenbaum durchs Fenster und wollte grade ins Zimmer steigen. Da erblickte er den Tisch und brüllte: »Ihr habt mit dem Essen nicht auf mich gewartet? Na, dann gute Nacht.«

Und schon war er wieder verschwunden! Elvira beugte sich aus dem Fenster und rief: »Freddy, sei doch nicht so empfindlich!« Aber der junge Mann kam nicht zurück. Elvira schloss verstimmt das Fenster und sagte: »Dauernd nimmt er übel.«

Wir aßen weiter. Die Würstchen waren leider kalt geworden. Es war wohl Bestimmung, dass dieser Abend nicht ruhig verlaufen sollte. Im Korridor entstand Lärm. Mir blieb, nur bildlich gesprochen, das Messer im Halse stecken. Die Tür wurde aufgerissen. Im Rahmen erschien Paulas Wirtin. Doch sie wurde von unsichtbaren Gewalten zurückgerissen, und an ihrer Stelle tauchte ein Mann auf. Ein Mann von beträchtlichen Ausmaßen. Er sagte mit zornbebender Stimme: »Mein Name ist Herr Streitmüller. Ich wohne eine Etage tiefer.«

Paula rief: »Frohes Fest, lieber Herr Streitmüller. Was haben Sie zu Weihnachten bekommen?«

Aber Herr Streitmüller war gegen Konversation. Er hob drohend den Arm und brüllte: »Wozu hat das Haus eine Treppe? Warum klettern Ihre Gäste die Fassade hinunter? Meine Frau hat vor Schreck die Sprache verloren!«

»Seien Sie froh«, sagte Professor Bellini, ging auf den Eindringling los und zog ihm eine lebendige Ente aus der Tasche. »Hier«, meinte der Professor sanft, »bringen Sie das Geflügel Ihrer sprachlosen Gemahlin.« Doch Herr Streitmüller haute dem Zauberkünstler auf die Finger und schrie: »Ich hole die Polizei!«

In diesem Augenblick erhob sich einer von Paulas Gästen, ein breitschultriger, untersetzter Mensch, und sagte müde: »Tür zu, Fenster auf!« Elvira lief zum Fenster und öffnete es. Paula schloss die Tür und flüsterte mir zu: »Um des Himmels willen, Ajax, der Kraftakt, wird zornig.«

Ajax schritt schläfrig auf den langen Herrn Streitmüller zu, packte ihn plötzlich, trug ihn zum Fenster, hob ihn hoch, schob die langen zappelnden Beine übers Gesims und hielt den ganzen Mann mit einem gestreckten Arm in die kühle Nacht hinaus. »So«, meinte Ajax, »wenn Sie frech werden, mache ich langsam die Hand auf. Verstanden? Ich ersuche Sie nunmehr, O du fröhliche, o du selige zu singen. Elvira, 'ne Zigarette.« Elvira gehorchte. Herr Streitmüller gehorchte nicht. Wir hörten ihn ächzen. »Falls Sie das Lied nicht kennen, singen Sie statt dessen O Tannenbaum«, sagte Ajax, »aber warten Sie nicht allzu lange, sonst lasse ich Sie fallen.«

Nun gab Herr Streitmüller nach. Er sang: »O Tannenbaum, o Tannenbaum, wie grün sind deine Blätter.« Dann wurde im dritten Stock ein Fenster aufgerissen, und Frau Streitmüller sah zu ihrem größten Erstaunen ihren singenden Mann frei in der Luft hängen. Sie fand dabei ihre Sprache wieder. »Singen Sie mit, werte Dame«, rief Ajax, »sonst fällt Ihr Gatte auf die Straße!« Frau Streitmüllers

Augen füllten sich mit Tränen der Wut. Aber sie sang. Und ohne einen weiteren Kommentar abzuwarten, begann das terrorisierte Ehepaar schließlich sogar die zweite Strophe.

»Ajax, halt ein«, rief Paula. »Sie können den Text nicht.«

Ajax, der Kraftakt, transportierte Streitmüller ins Zimmer zurück und sagte: »Gehen Sie mir rasch aus den Augen.« Das tat der lange Herr denn auch. Er verschwand, so schnell ihn seine zitternden Beine trugen. Und wir waren wieder unter uns.

»Ich habe eine Überraschung für euch«, sagte der Professor Bellini. »Ich möchte bescheren. Dreht euch nicht um!« Er trug einen Tisch in eine Zimmerecke, setzte den brennenden Christbaum auf den Tisch, und wir hörten, wie er hantierte und seine Geschenke hinlegte. Es war richtig weihnachtlich, und wir wagten uns nicht umzudrehen.

»Ist er nicht goldig?«, fragte Paula.

»So«, rief der Professor endlich, »jetzt dürft ihr herschauen!«

Wir wandten uns um und riefen wie aus einem Munde: »Ah!« Der Tisch war mit Geschenken beladen! Es glänzte und glitzerte wie im Märchen.

Aber die Freude dauerte nicht lange. Plötzlich brüllte der Jongleur Mazeppa: »Meine Uhr!« Und Elvira heulte: »Mein Armband!« Und Ajax knurrte: »Mein Zigarettenetui.« Ich rief: »Meine Strumpfbänder!« Der Professor hatte uns bestohlen. Er hatte uns ausgeplündert! Unsre Taschen waren leer, und der Inhalt lag, bunt und strahlend, auf dem Weihnachtstisch. Wir stürzten drauflos, und jeder suchte, was ihm gehörte. Ich fand außer der Brieftasche meine Uhr, Hildegards Fotografie, den Füllfederhalter, den silbernen Kamm, den Pass und den Steuerbescheid auf dem Tisch. Den andern erging es ähnlich. Ajax war besonders wütend, denn Bellini hatte ihm die Schnürsenkel heimlich aus den Schuhen gezogen und unter den Christbaum gelegt. »Armer Mensch«, sagte Ajax mitleidig, »nun hat sich's ausgezaubert.« Dann packte er den Professor und warf ihn durchs Fenster auf die vorm Haus stehende Platane.

Mazeppa, der Jongleur, wollte Bellini einen Teller hinterherschleudern, traf aber den Kraftakt. Elvira kreischte auf und sprang, mit einem Salto, aufs Sofa. Paula hielt die Beine vors Gesicht. Die Männer warfen mit Stühlen und brennenden Christbaumkerzen. Vorm Hause, hoch im Baum, heulte der Zauberkünstler.

Ich empfahl mich, ohne viele Worte zu machen. Auf der Straße wurde mir wohler. Vor der Platane hatten sich Passanten versammelt und riefen nach einer Leiter. Denn Professor Bellini hing unerreichbar im Wipfel. Herr und Frau Streitmüller sahen schadenfroh aus dem Fenster.

Ich ging zu Aschinger, trank fünf Steinhäger und nahm an der Bescherung für Junggesellen teil. Ich bekam ein Paket Pfefferkuchen geschenkt. Sie waren steinhart.

Ich benutze sie noch heute als Briefbeschwerer.

Dem Revolutionär Jesus zum Geburtstag

Zweitausend Jahre sind es fast,
seit du die Welt verlassen hast,
du Opferlamm des Lebens!
Du gabst den Armen ihren Gott.
Du littest durch der Reichen Spott.
Du tatest es vergebens!

Du sahst Gewalt und Polizei.
Du wolltest alle Menschen frei
und Frieden auf der Erde.
Du wusstest, wie das Elend tut,
und wolltest alle Menschen gut,
damit es schöner werde!

Du warst ein Revolutionär
und machtest dir das Leben schwer
mit Schiebern und Gelehrten.
Du hast die Freiheit stets beschützt
und doch den Menschen nichts genützt.
Du kamst an die Verkehrten!

Du kämpftest tapfer gegen sie
und gegen Staat und Industrie
und die gesamte Meute.
Bis man an dir, weil nichts verfing,
Justizmord, kurzerhand, beging.
Es war genau wie heute.

Die Menschen wurden nicht gescheit.
Am wenigsten die Christenheit,
trotz allem Händefalten.
Du hattest sie vergeblich lieb.
Du starbst umsonst. Und alles blieb
beim Alten.

Sechsundvierzig Heiligabende

Fünfundvierzigmal hintereinander hab ich mit meinen Eltern zusammen die Kerzen am Christbaum brennen sehen. Als Flaschenkind, als Schuljunge, als Seminarist, als Soldat, als Student, als angehender Journalist, als verbotener Schriftsteller. In Kriegen und im Frieden. In traurigen und in frohen Zeiten. Vor einem Jahr zum letzten Mal. Als es Dresden, meine Vaterstadt, noch gab.

Diesmal werden meine Eltern am Heiligabend allein sein. Im Vorderzimmer werden sie sitzen und schweigend vor sich hinstarren. Das heißt, der Vater wird nicht sitzen, sondern am Ofen lehnen. Hoffentlich hat er eine Zigarre im Mund. Denn rauchen tut er für sein Leben gern. »Vater hält den Ofen, damit er nicht umfällt«, sagte meine Mutter früher. Mit einem Male wird er »Gute Nacht« murmeln und klein und gebückt, denn er ist fast achtzig Jahre alt, in sein Schlafzimmer gehen.

Nun sitzt sie ganz einsam und verlassen. Ein paarmal hört sie ihn nebenan noch husten. Schließlich wird es in der Wohnung vollkommen still sein … Bei Grüttners oder Ternettes singen sie vielleicht »O du fröhliche, o du selige«. Meine Mutter tritt ans Fenster und schaut auf die weiß bemützten Häuserruinen gegenüber. Am Neustädter Bahnhof pfeift ein Zug. Aber ich werde nicht in dem Zuge sein.

Dann wird sie in ihren Kamelhaarpantoffeln leise und langsam durchs Zimmer wandern und meine Fotografien betrachten, die an den Wänden hängen und auf dem Vertiko stehen. In den Büchern, die ich geschrieben habe und die sie auf den Tisch gelegt hat, wird sie blättern. Seufzen wird sie. Und vor sich hin flüstern: »Mein guter Junge.« Und ein wenig weinen. Nicht laut, obwohl sie allein im Zimmer ist. Aber so, dass ihr das alte, tapfere Herz weh tut.

Wenn ich daran denke, ist mir es, als müsste ich, hier in München, auf der Stelle vom Stuhl aufspringen, die Treppen hinunterstürzen und ohne anzuhalten bis nach Dresden jagen. Durch die Straßen und Wälder und Dörfer. Über die Brücken und Berge und verschneiten Acker und Wiesen. Bis ich endlich außer Atem vor dem Hause stünde, in dem sie sitzt und sich nach mir sehnt, wie ich mich nach ihr.

Aber ich werde die Treppen nicht hinunterstürzen. Ich werde nicht durch die Nacht nach Dresden rennen. Es gibt Dinge, die mächtiger sind als Wünsche. Da muss man sich fügen, ob man will oder nicht. Man lernt es mit der Zeit. Dafür sorgt das Leben. Sogar von euch wird das schon mancher wissen. Vieles erfährt der Mensch zu früh. Und vieles zu spät.

Meine liebe Mutter … Nun bin ich doch selber schon ein leicht angegrauter, älterer Herr von reichlich sechsundvierzig Jahren. Aber der Mutter gegenüber bleibt man immer ein Kind. Mutters Kind eben. Ob man sechsundvierzig ist oder Ministerpräsident von Bischofswerda oder Johann Wolfgang von Goethe persönlich. Das ist den Müttern, Gott sei Dank, herzlich einerlei!

Später wird sie sich eine Tasse Malzkaffee einschenken. Aus der Zwiebelmusterkanne, die in der Ofenröhre warm steht. Dann wird sie ihre Brille aufsetzen und meinen letzten Brief noch einmal lesen.

Und ihn sinken lassen. Und an die fünfundvierzig Heiligabende denken, die wir gemeinsam verlebt haben. An Weihnachtsfeste besonders, die weit, weit zurückliegen. In längst vergangenen Zeiten, da ich noch ein kleiner Junge war.

An das eine Mal etwa, wo ich ihr einen großen, schönen, feuerfesten Topf gekauft hatte und mit ihm, als sie mich zur Bescherung rief, hastig durch den Flur rannte. Als ich ins Zimmer einbiegen wollte, begann ich strahlend: »Da, Mutti, hast du …« Ich wollte natürlich rufen: »… einen Topf!« Aber nein, Mutters feuerfester Topf kam leider, als ich in die Zielgerade einbog, mit der Tür in Berührung. Er zerbrach, und ich stammelte entgeistert: »Da, Mutti, hast du – einen Henkel!« Denn mehr als den Henkel hatte ich nicht in der Hand.

Wenn sie daran denkt, wird sie lächeln. Und einen Schluck Malzkaffee trinken. Und sich anderer Weihnachten erinnern. Vielleicht jenes Heiligabends, an dem ich ihr die »sieben Sachen« schenkte. Verlegen überreichte ich ihr eine kleine, in Seidenpapier gewickelte Pappschachtel und sagte, während sie diese unterm Christbaum vorsichtig und gespannt auspackte: »Weißt du, ich habe doch nicht viel Geld gehabt – aber es sind sieben Sachen, und alle sieben sind sehr praktisch!« In der Schachtel fand sie eine Rolle schwarzen Zwirn, eine Rolle weißen Zwirn, eine Spule schwarzer Nähseide, eine Spule weißer Nähseide, ein Briefchen Sicherheitsnadeln, ein Heftchen Nähnadeln und ein Kärtchen mit einem Dutzend Druckknöpfchen. Sieben Sachen! Da freute sie sich sehr, und ich war stolz wie der Kaiser von Annam. Oder ihr fällt jener Weihnachtsabend ein, an dem ich, nach der Bescherung, noch zu Försters Fritz, meinem besten Freunde, lief, um zu sehen, was denn der bekommen hatte. Seinen Eltern gehörte das Milchgeschäft an der Ecke Jordanstraße … Ganz plötzlich kam ich wieder nach Hause. Ich stand, als meine Mutter die Tür öffnete, blass und verstört vor ihr. Försters Fritz hatte eine Eisenbahn geschenkt bekommen, und als ich damit hatte spielen wollen, hatte er mich geschlagen!

Da stand ich nun klein und ernst vor ihr und fragte, was ich tun solle. Zurückschlagen hatte ich nicht können. Er war ja mein bester Freund. Und warum er mich eigentlich geschlagen hatte, begriff ich überhaupt nicht. Was hatte ich ihm denn getan?

Damals hatte meine Mutter zu mir gesagt: »Es war richtig, dass du nicht zurückgeschlagen hast! Einen Freund, der uns haut, sollen wir auch nicht prügeln, sondern mit Verachtung strafen.«

»Mit Verachtung strafen?« Ich machte kehrt.

»Wo willst du denn hin?«, fragte meine Mutter.

»Wieder zurück!«, erklärte ich energisch. »Ihn mit Verachtung strafen!« Und so ging ich wieder zu Försters und verbrachte den Rest des Abends damit, meinen Freund Fritz gehörig zu verachten. Leider weiß ich nicht mehr, wie ich das im Einzelnen gemacht habe. Schade. Sonst könnte ich euch das Rezept verraten.

Oder meine Mutter wird an einen anderen Heiligabend denken, der nicht ganz so weit zurückliegt. Es sind höchstens zwanzig Jahre her – da gingen wir, nach unserer Bescherung, an den Albertplatz zu Tante Lina, um dabei zu sein, wenn der kleine Franz beschert bekäme. Franz war das Kind meiner früh verstorbenen Base Dora.

Ich war damals ungefähr fünfundzwanzig Jahre alt. Und plötzlich sagte Tante Lina, der Weihnachtsmann, der zum kleinen Franz hätte kommen sollen, habe in letzter Minute wegen Überlastung abtelefoniert und ich müsse ihn unbedingt vertreten! Sie zogen mir einen umgewendeten Pelz an, hängten mir einen großen weißen Bart aus Watte um, drückten mir einen Sack mit Äpfeln und Haselnüssen in die Hand und stießen mich in das Zimmer, wo Franz, der kleine Knirps, neugierig und etwas ängstlich auf den richtigen Weihnachtsmann wartete. Als ich ihn mit kellertiefer Stimme fragte, ob er auch gefolgt habe, antwortete er: O ja, das habe er schon getan. Und dann kitzelte mich der alberne Wattebart derartig in der Nase, dass ich laut niesen musste.

Und der kleine Franz sagte höflich: »Prost, Onkel Erich!« Er hatte den Schwindel von Anfang an durchschaut und hatte nur geschwiegen, um uns Erwachsenen den Spaß nicht zu verderben.

Meine Mutter in Dresden wird also an vergangene glücklichere Weihnachten denken. Und in München werde ich es auch tun. Erinnerungen an schönere Zeiten sind kostbar wie alte goldene Münzen. Erinnerungen sind der einzige Besitz, den uns niemand stehlen kann und der, wenn wir sonst alles verloren haben, nicht mitverbrannt ist. Merkt euch das! Vergesst es nie!

Während ich am Schreibtisch sitze, werden meiner Mutter vielleicht die Ohren klingen. Da wird sie lächeln und meine Fotografien anblicken, ihnen zunicken und flüstern: »Ich weiß schon, mein Junge, du denkst an mich.«

Ida Kästners erster Weihnachtsbrief an ihren Sohn

21. XII. [1945]

Mein lieber guter Herzensguter Junge!
Heute kam der Abreißkalender welcher mir sehr gut gefällt. Habe vielen Dank Nun ist in 4 Tagen das liebe Weihnachtsfest ich darf gar nicht daran Denken denn wir sitzen zum ersten male einsam da Ohne unserm lieben guten Jungen. Wie verlassen werde ich sein. Hoffentlich habt Ihr es gut verlebt? Ohne Christbaum ohne Christstollen. Und ohne unserm guten Jungen. Hoffentlich sehen wir uns bald wieder. Ohne Schnee Viel und Tausentfaches Glück sollt Ihr im Jahre 1946 haben das wünsche ich Euch von ganzen großen Herzen. Gesundheit soll nicht von Euch weichen und von uns auch nicht. Damit wir noch viele Jahre zusamen verleben könen. Jetzt werde ich mal aufhören denn wir haben einen Holzschein bekomen da müssen wir heute noch im Wald fahren und zwar dann gleich ehe es ganz dunkel wird wollen wir wieder daheim sein ich habe noch viel Arbeit mein guter Junge

Parade am Weihnachtstisch

Der Christbaum ist nicht mehr ganz frisch.
Die Tannennadeln regnen leise.
Frau Rost steht vor dem Weihnachtstisch
und sagt versonnen zu Frau Weiße:

»Den Hut, den hat mein guter Mann gebracht
und mir viel Freude mit dem Stück bereitet.
Er hat nur leider nicht daran gedacht,
dass ausgerechnet Blau mich gar nicht kleidet.

Der Gasglühofen ist von Onkel Fritz.
Der Ofen, sagt er, heize wie der Blitz
und ist die kostbarste von allen Gaben.
Es ist nur dumm, dass wir Elektrisch haben.

Den Kaffeewärmer stickte wieder Frieda.
Sie war geradezu erstaunlich fleißig.
Was? – So ein Kunstwerk war noch nie da!
Ich hab jetzt von der Sorte achtunddreißig.

Das ist ein Blasebalg. Fritz schenkt mir immer
originelle Sachen. Was? Höchst wirkungsvoll!
Aus Ebenholz! – Doch hab ich keinen Schimmer,
was ich mit Blasebälgen machen soll. –

Und da liegt Geld. Von meinem ältsten Sohn.
Ich soll mir, schrieb er, kaufen, was mich freute.
Mir Geld zu schenken! So ein Erzpatron!
Ja, ja, so sind nun die modernen Leute!

Was soll mir Geld? Als ob er sonst nichts wüsste.
Und wenn's Paar Rollschuh wären, meinetwegen!
Als ob das, was man schenkt, gefallen müsste!
Und auch am Zwecke ist doch nichts gelegen!«

So sagt Frau Rost zu der Frau Weiße
und blickt gerührt auf ihren Tisch.
Die Tannennadeln regnen leise.
Der Christbaum ist nicht mehr ganz frisch.

Eine nette Bescherung

Herr Arno Leinert stand vorm Schlafzimmerspiegel und klebte sich einen Vollbart. Genau betrachtet, handelte sich's um höchst ordinäre, schmutzig graue Watte, die nur, weil sie ans Kinn gepeppt wurde (aus geografischen Gründen sozusagen), als Vollbart angesprochen zu werden verdiente. – Herrn Leinerts Verkleidungsbedürfnis ging aber weiter. Er band sich eine Larve vor, die ihn nicht eigentlich vorteilhaft veränderte: runde, blutunterlaufene Bäckchen wölbten sich unter unerträglich stupiden Schlitzaugen, und eine Kartoffelnase, die jede Vorstellung übertraf, zitterte wie nervöser Pudding über dem Wattekinn. Das, was Leinert im Spiegel sah, glich zehnmal eher einer geplatzten Matratze als einem Gesicht ... Er lächelte der im Spiegel starr grinsenden Maske zu und stand im Begriff, vor sich selber Angst zu bekommen, als die Stimme seiner Frau durch den Flur klingelte: »Arno, mach schnell! Wir können mit der Bescherung nicht länger warten!«

Leinert stieß mehrere Worte hervor, die dem Heiligabend – denn um diesen handelte sich's im vorliegenden Falle – in keiner Weise gerecht zu werden vermochten. Dann zerrte er seinen Gehpelz aus dem Schrank, stülpte ihn (den Pelz, versteht sich) um und kroch hinein, so dass er nahezu einem Tiger glich, der »Männchen« macht. Als Kopfbedeckung erwischte er, eher zufällig als in Absicht, den Zylinder. Schließlich packte er den Teppichklopfer, warf eine zum Sack verarbeitete Chaiselonguedecke über die Schulter und stampfte flurwärts.

Der Effekt des weihnachtsmännisch verkappten Herrn Leinert übertraf jede Erwartung. Sogar die Erwachsenen wurden blass. Leinerts Frau nämlich und ihre Schwester, die mit einem Metallarbeiter Börner verheiratet war und diesen mitgebracht hatte. – Geradezu jammervoll wirkte Leinerts Äußeres allerdings auf dessen eigenen Sohn, der auf den Namen Egon hörte und von Natur ängstlich war. Egon stand, bevor der Papa eintrat, am Christbaum und memorierte rücksichtsvoll ein paar Verse, die er – unbeschadet seiner fünf Jahre – erlernt und darüber hinaus begriffen hatte.

Es hat keinen Sinn, länger das Resultat der Leinert'schen Bescherung zu verheimlichen ... Als jenes Ungetüm, zu dem Herr Arno Leinert sich verwandelt hatte, die Stube betrat, schrie Egon derart markerschütternd auf und setzte sich so unzweideutig auf den kleinen Hosenboden, dass Frau Leinert nichts Besseres wusste, als mit dem schreienden Söhnchen im Laufschritt das weihnachtlich duftende Gemach zu verlassen.

Gut Ding will Weile. Und Egon kam so bald nicht wieder zum Vorschein ... Leinert kratzte sich die Watte vom Kinn, zerrte die Larve wütend vom Gesicht, stülpte den Zylinder auf die Goethe-Büste und sank mürrisch neben Börners in einen Stuhl. »Na, warum habt ihr eure Kinder nicht mitgebracht?«, fragte er die Schwägerin. »Max wollte nicht«, meinte Frau Leinerts Schwester und blickte verlegen auf ihren Mann. – »Ist nichts für Arbeiterkinder«, erklärte Börner. »Neid ist schon für uns Große schädlich, Kinder ruiniert es in Grund und Boden. Ein Kind, das zwei Paar wollene

Strümpfe kriegt, darf nicht zusehen, wenn andere mit elektrischen Eisenbahnen spielen und Hunde mit Marzipanbrot füttern.« Arno Leinert schob sich aus dem Stuhl, kippte einen Kognak und sagte: »Knurre nicht, Schwager! Weihnachten ist bekanntlich das Fest der Freude.« »Da fangt nur bald an, euch zu freuen!«, schlug Börner vor.

Leinert zuckte mit den Achseln und verließ das Zimmer. Dann hörte man irgendwo schreckliches Gebrüll und diabolisches Fluchen. Börner packte seine Frau bei der Schulter: »Komm, Alma, wir gehen wieder.« Die Frau stülpte ihr unscheinbares Hütchen auf den Kopf, blinzelte in die Christbaumkerzen hinein, trat vor den geschenkbeladenen Ausziehtisch, streichelte ein Pelzmäntelchen, bewunderte einen Stapel seidener Hemden, krampfte die Hände in Spitzen und Chinakrepp und sagte: »Mann, nimm dir wenigstens noch eine von den guten Zigarren.« Er sah sie ein wenig böse an und zog sie zur Türe.

Da sprang Leinert ins Zimmer und schrie: »So ein Quatsch verdammter! In was für 'ne Kleinkinderbewahranstalt bin ich denn hier geraten!« Und schon trampelte er, wie ein gereizter Elefant, auf der am Boden sorglich aufgestellten Eisenbahn herum, auf dem Bahnhof, auf dem Stationsvorsteher, den Signallampen und dem zierlichen Stellhaus. Ohne ein Wort zu verlieren, in stummer Verzweiflung, zerstampfte er, was ihm unter die Sohlen geriet. Dann stieß er, wie ein Fußballer, das vorzeitige Gerümpel unter die Schränke und brüllte: »Blech!« Schließlich riss er das Fenster auf und warf alles, was er erwischen konnte, zum Fenster hinaus: Bilderbücher und Dessous, Baukästen und Schlipse, Perlenkolliers und Kinderkleider, Dichterquartette, Uhrketten und Ölsardinen – alles sauste im Bogen aufs Pflaster.

»Was ist denn mit dir los?«, fragte Börner. Und als keine Antwort kam, fragte Börners Frau: »Wo sind denn Herta und Egon?« – »Im Bett ist die Bande!«, kreischte Leinert, »der Herr Sohn hat den Schreikrampf, und seine Mutter telephoniert zum Onkel Doktor, es stürbe wer! So eine schwächliche Bagage! Ich fahre fort. Und sie mögen um die Wette schrein, solange sich's die Nachbarn gefallen lassen. Sie sollen ihre werten Nerven einmotten und ihre Stiefelchen mit Watte besohlen lassen! Ich hab genug!« Damit stürmte er aus dem Zimmer, das aussah, als sei ein Gewitter niedergegangen. –

Börners schlugen sich schleunig in die Büsche. Vor dem Haus standen und kauerten viele Menschen und suchten Weihnachtsgeschenke aus dem Dreck. In der Ferne tauchte der Schutzmann auf. Die Menge fuhr eilends auseinander. Frau Börner blickte neugierig auf die Straße und flüsterte: »Ob das Halsband noch daliegt?« Aber der Mann packte ihren Arm und zog sie fort.

Felix holt Senf

Es war am Weihnachtsabend im Jahre 1927, gegen sechs Uhr, und Preissers hatten eben beschert. Der Vater balancierte auf einem Stuhl dicht vorm Weihnachtsbaum und zerdrückte die Stearinflämmchen zwischen den angefeuchteten Fingern. Die Mutter hantierte draußen in der Küche, brachte das Essgeschirr und den Kartoffelsalat in die Stube und meinte: »Die Würstchen sind gleich heiß!« Ihr Mann kletterte vom Stuhl, klatschte fidel in die Hände und rief ihr nach: »Vergiss den Senf nicht!«

Sie kam, statt zu antworten, mit dem leeren Senfglas zurück und sagte: »Felix, hol Senf! Die Würstchen sind sofort fertig.«

Felix saß unter der Lampe und drehte an einem kleinen billigen Fotoapparat herum. Der Vater versetzte dem Fünfzehnjährigen einen Klaps und polterte: »Nachher ist auch noch Zeit. Hier hast du Geld. Los, hol Senf! Nimm den Schlüssel mit, damit du nicht zu klingeln brauchst. Soll ich dir Beine machen?«

Felix hielt das Senfglas, als wollte er damit fotografieren, nahm Geld und Schlüssel und lief auf die Straße. Hinter den Ladentüren standen die Geschäftsleute ungeduldig und fanden sich vom Schicksal ungerecht behandelt. Aus den Fenstern aller Stockwerke schimmerten die Christbäume. Felix spazierte an hundert Läden vorbei und starrte hinein, ohne etwas zu sehen. Er war in einem Schwebezustand, der mit Senf und Würstchen nichts zu tun hatte. Er war glücklich, bis ihm vor lauter Glück das Senfglas aus der Hand aufs Pflaster fiel. Die Rollläden prasselten an den Schaufenstern herunter, und Felix merkte, dass er sich seit einer Stunde in der Stadt herumtrieb. Die Würstchen waren inzwischen längst geplatzt. Er brachte es nicht über sich, nach Hause zu gehen. So ganz ohne Senf! Gerade heute hätte er Ohrfeigen nicht gut vertragen.

Herr und Frau Preisser aßen die Würstchen mit Ärger und ohne Senf. Um acht wurden sie ängstlich. Um neun liefen sie aus dem Haus und klingelten bei Felix' Freunden. Am ersten Weihnachtsfeiertag verständigten sie die Polizei. Sie warteten drei Tage vergebens. Sie warteten drei Jahre vergebens. Langsam ging ihre Hoffnung zugrunde, schließlich warteten sie nicht mehr und versanken in hoffnungslose Traurigkeit.

Die Weihnachtsabende wurden von nun an das Schlimmste im Leben der Eltern. Da saßen sie schweigend vorm Christbaum, betrachteten den kleinen billigen Fotoapparat und ein Bild ihres Sohnes, das ihn als Konfirmanden zeigte, im blauen Anzug, den schwarzen Filzhut keck auf dem Ohr. Sie hatten den Jungen so lieb gehabt, und dass der Vater manchmal eine lockere Hand bewiesen hatte, war doch nicht böse gemeint gewesen, nicht wahr? Jedes Jahr lagen die zehn alten Zigarren unterm Baum, die Felix dem Vater damals geschenkt hatte, und die warmen Handschuhe für die Mutter. Jedes Jahr aßen sie Kartoffelsalat mit Würstchen, aber aus Pietät ohne Senf. Das war ja auch gleichgültig, es konnte ihnen doch niemals wieder schmecken.

Sie saßen nebeneinander, und vor ihren weinenden Augen verschwammen die brennenden Kerzen zu großen glitzernden Lichtkugeln. Sie saßen nebeneinander, und er sagte jedes Jahr: »Diesmal sind die Würstchen aber ganz besonders gut.« Und sie antwortete jedes Mal: »Ich hol' dir die von Felix noch aus der Küche. Wir können jetzt nicht mehr warten.«

Doch um es rasch zu sagen: Felix kam wieder. Das war am Weihnachtsabend im Jahre 1932, kurz nach sechs Uhr … Die Mutter hatte die heißen Würstchen hereingebracht, da meinte der Vater: »Hörst du nichts? Ging nicht eben die Tür?« Sie lauschten und aßen dann weiter. Als jemand ins Zimmer trat, wagten sie nicht, sich umzudrehen. Eine zitternde Stimme sagte: »So, da ist der Senf, Vater.« Und eine Hand schob sich zwischen den beiden alten Leuten hindurch und stellte wahrhaftig ein gefülltes Senfglas auf den Tisch.

Die Mutter senkte den Kopf ganz tief und faltete die Hände. Der Vater zog sich am Tisch hoch, drehte sich trotz der Tränen lächelnd um, hob den Arm, gab dem jungen Mann eine schallende Ohrfeige und sagte: »Das hat aber ziemlich lange gedauert, du Bengel. Setz dich hin!«

Was nützt der beste Senf der Welt, wenn die Würstchen kalt werden? Dass sie kalt wurden, ist erwiesen. Felix saß zwischen den Eltern und erzählte von seinen Erlebnissen in der Fremde, von fünf langen Jahren und vielen wunderbaren Sachen. Die Eltern hielten ihn bei den Händen und hörten vor Freude nicht zu …

Unterm Christbaum lagen Vaters Zigarren, Mutters Handschuhe und der billige Fotoapparat. Und es schien, als hätten fünf Jahre nur zehn Minuten gedauert. Schließlich stand die Mutter auf und sagte: »So, Felix, jetzt hol' ich dir deine Würstchen.«

Wieder 1. Januar

Das alte Jahr ist rasch vergangen,
Silvester ist die letzte Nacht.
Man könnte sich paar runterlangen.
Man hat's nicht richtig angefangen
und ziemlich alles falsch gemacht.

Man ist betrübt und könnte weinen,
die Reue hat bloß keinen Zweck.
Man ist mit sich total im Reinen:
Man steht noch auf denselben Beinen
und steht noch auf demselben Fleck.

Man trug sich mit enormen Plänen
und dachte stolz: Ein Jahr genügt.
Doch aus den Plänen wurden Tränen.
Dann fing die Hoffnung an zu gähnen
und merkte, dass man sie belügt.

Da steht der Mensch mit Hängeohren
und überschaut das Jahr betrübt.
Es ging vorbei. Es ging verloren.
So vieles hat er sich geschworen!
Er hat es nur nicht ausgeübt.

Das Jahr ist aus. Die Zeit läuft weiter.
Man hat schon Angst, wenn man dran denkt.
Wie macht man's *dieses Mal* gescheiter?
Der fromme Wunsch ist kein Begleiter,
der uns, wohin wir wollen, lenkt …

Die Menschen sehn in allen Ländern
zu dieser Stunde in ihr Herz.
Sie möchten sich so gerne ändern
und blicken ernst nach den Kalendern
und ab und zu auch himmelwärts.

Es nützt nicht viel, sich rot zu schämen.
Es nützt nichts, und es schadet bloß,
sich große Dinge vorzunehmen.
Der Vorsatz wird das Handeln lähmen.
Wenn wir nun »ohne« weiterkämen?
Lasst das Programm! Und bessert euch drauflos!

Mein Vetter Franz, ein starker Raucher
und Zigaretten-Großverbraucher,
beschloss zum vorigen Neujahr:
Für immer und in allen Fällen
das Rauchen *völlig* einzustellen.

Das war am 1. Januar …
Am Zweiten ließ er's wirklich bleiben.
Dann nahm die Sache ihren Lauf.
Er gab, um nicht zu übertreiben,
den Vorsatz langsam wieder auf.
Am Dritten überfiel es ihn.
Da kaufte er sich Zigaretten.
Zunächst zwar ohne Nikotin.
Als ob ihm die gemundet hätten!
Ach, schon am 4. Januar
war das Ergebnis ziemlich klar.
Er kaufte wieder eine starke
beliebte Zigaretten-Marke
und rauchte wieder voller Glück
tagtäglich fünfundzwanzig Stück.
Da war er nun am alten Fleck.
Sein Vorsatz hatte keinen Zweck.
Die Finger wurden wieder gelber.
Und auch die Achtung vor sich selber
war, hast du nicht gesehen, weg!

Je üppiger die Pläne blühen,
umso verzwickter wird die Tat.
Man nimmt sich vor, sich zu bemühen,
und schließlich hat man den Salat!

Was nützt es ausgemachten Trinkern,
gerührt ihr Punschglas anzuzwinkern
und sich zu sagen: Nun ist Schluss?
Dergleichen bringt ja nur Verdruss.
Man soll das Jahr nicht mit Programmen
beladen wie ein krankes Pferd.
Wenn man es allzu sehr beschwert,
bricht es zu guter Letzt zusammen.
Was sind dann noch Programme wert?

Da stehn die Leute zu Silvester
betreten unterm Weihnachtsbaum.
Was übrig blieb, sind lauter Rester.
Und sehr erfreulich ist das kaum.
Der Eine nahm sich vor, die Post
am selben Tag stets zu erled'gen.
Der Zweite schwor auf rohe Kost.
Der Dritte wollte Gleichmut pred'gen.
Der Vierte nahm sich vor, alltäglich
zu turnen, eh das Frühstück käme;
der Fünfte, dass er Kefir nähme.
Das Resultat ist äußerst kläglich.
Der Mensch ist träg und unbeweglich.

Er sieht das ein, am Jahresende,
und weiß, dass er vergeblich schwor.
Doch, statt dass er sich nun verstände,
nimmt er sich *wieder* vieles vor!

Ach, wenn er das doch endlich ließe!
Und wenn es nicht von neuem hieße:
»Im neuen Jahr, da werd ich immer …
im nächsten Jahre will ich nie …«
Man will sich bessern, wissen Sie,
und macht's nicht besser, sondern schlimmer.

Was hilft's, sich vieles vorzuschreiben?
Die Ziele, die der Mensch sich steckt,
die müssen unerreichbar bleiben!
Sonst sind sie schon im Mai defekt.
Es ist, wie stets und überall,
so auch in diesem Sonderfall,
durchaus verkehrt, zu übertreiben.
Nur *eins,* nichts andres plane man:
das, was man dann auch halten kann!

Nach diesem fraglos frommen Wunsch
ergreife ich ein Glas nebst Punsch
und hoff', auf eigene Gefahr,
auf ein vergnügtes Neues Jahr.

Zum Neuen Jahr

»Wird's besser? Wird's schlimmer?«,
fragt man alljährlich.
Seien wir ehrlich:
Leben ist immer
lebensgefährlich.

Anhang

Anmerkungen

Die bibliografischen Angaben nach den einzelnen Texten geben die Quelle an, der der Text entnommen wurde. Zusätzlich werden Ort und Zeit des Erstdrucks genannt. Auslassungen innerhalb der ausgewählten Textstellen sind mit Klammern (…) gekennzeichnet.

Kästners Werke für Erwachsene sind in gebundenen Einzelausgaben lieferbar im Atrium Verlag und nahezu vollständig in Taschenbuchausgaben bei dtv. Die Bücher für Kinder liegen im Dressler Verlag vor. Die 1998 erschienene neunbändige Werkausgabe ist lieferbar im dtv: Erich Kästner, *Werke.* Herausgegeben von Franz Josef Görtz. Band I–IX, Deutscher Taschenbuch Verlag, München 2004. Dient sie als Textvorlage, erscheint in den bibliographischen Angaben die jeweilige Band- und Seitenzahl (VIII, S. 43–45).

Vorbemerkung

Stollen: Dresdner Christstollen gibt es traditionell in zwei Varianten: Rosinenstollen und Mandelstollen. Ida Kästner buk Rosinenstollen, »mit viel Rosinchen sogar«, wie ihr Sohn es sich wünschte (Brief an Ida Kästner vom 24.11.1926, aus: Erich Kästner, *Der Karneval des Kaufmanns.* Gesammelte Texte aus der Leipziger Zeit 1923–1927. Hrsg. von Klaus Schuhmann, Lehmstedt Verlag, Leipzig 2004, S. 412).

Kartoffelsalat: vermutlich angemacht mit Essig, Öl, Fleischbrühe und gehackter Zwiebel – in Sachsen üblicher als die norddeutsche Variante mit Mayonnaise

Klöße: in Sachsen vorzugsweise halb und halb aus rohen und gekochten Kartoffeln. Bei Kästners aber gab es »grüne« Klöße Thüringer Art aus rohen Kartoffeln.

Die regelrechte Weihnachtsgeschichte

Das fliegende Klassenzimmer. Die erste Abteilung des Vorworts, VIII, S. 43–45. Erstdruck: *Das fliegende Klassenzimmer.* Ein Roman für Kinder, Friedrich Andreas Perthes [DVA], Stuttgart 1933. Obwohl Kästners Bücher, *Emil und die Detektive* ausgenommen, schon seit dem Frühsommer in Deutschland verboten waren, durfte das Buch noch Ende November 1933 erscheinen, also gerade noch rechtzeitig für das Weihnachtsgeschäft. Die Verkäufe liefen gut, und der Verlag druckte vorsorglich rasch eine zweite Auflage.

Badeanzug: Herren trugen in den 30er Jahren überwiegend noch einteilige Badeanzüge. Die Badehose setzte sich erst nach dem 2. Weltkrieg durch.

den grünen Bleistift: Bleistift der Marke Faber-Castell. Kästner schrieb alle seine Manuskripte mit Bleistift (und in Gabelsberger Kurzschrift).

Billett: Fahrkarte

an einem großen dunkelgrünen See: der Eibsee unterhalb der Zugspitze

Karlinchen: Kästners damalige Freundin Cara Gyl (eigentl. Käthe Hörnemann, 1903–?), Schauspielerin und Bühnenautorin

Verhinderte Weihnachten

Lärm im Spiegel, I, S. 84 f. Erstdruck: *Die große Welt,* Jg. 2, H. 21, Dezember 1925, S. 60, u. d. Pseud. Peter Flint und mit dem Untertitel *Ein Kinderspiel. Modernisiert.*

weil er mutiert: weil er im Stimmbruch ist.

trägt bereits Frisur: d. h. Frieda trägt keine Kleinmädchenzöpfe mehr, sondern Haarschnitt oder aufgestecktes Haar wie eine »Große«.

die Rouleaus: die Rollos

Modernes Märchen

Nachlese, I, S. 238 f. Erstdruck: *Beyers für Alle*, Jg. 1, H. 12, 16. 12. 1926, S. 8, u. d. Pseud. Peter Flint. Unser Abdruck folgt dem Zeilenfall der Erstveröffentlichung.

Erster Advent im Internat

Erstdruck: *Beyers für Alle. Kinderzeitung von Klaus und Kläre*, Jg. 3, H. 77, 4. 12. 1930, S. 541, ohne Verfassernennung. Elemente dieser Erzählung hat Kästner später in veränderter Form in *Das fliegende Klassenzimmer* aufgenommen.

dass er das nicht kenne, dass man den ersten Advent feiere: Der Advent galt früher im Kirchenjahr als Fastenzeit, zumindest als »stille« Zeit. Erst im 19. Jahrhundert begann man, vorwiegend in evangelischen Gegenden, die Adventszeit zu feiern. Adventskalender, die die Tage bis Weihnachten zählten, kamen auf. 1839 ließ Pastor Wichern im »Rauhen Haus« in Hamburg zum ersten Mal einen hölzernen Leuchter mit 23 Kerzen aufhängen – den Vorläufer unseres Adventskranzes. Von Norddeutschland ausgehend, fanden die Adventsbräuche zunehmend Verbreitung, auch im katholischen Milieu.

Kranzkuchen: vermutlich »Frankfurter Kranz«, ein Rührteigkuchen, der in einer Kranzform gebacken, dann zweimal quer durchgeschnitten und mit Buttercreme gefüllt wird. Nach dem Zusammensetzen bestreicht man ihn mit der restlichen Buttercreme und bestreut ihn mit Krokant. Früher sehr beliebt, jetzt etwas aus der Mode gekommen.

Der Dezember

Die dreizehn Monate, I, S. 312 f. Erstdruck: *Schweizer Illustrierte Zeitung*, 7. 12. 1953, S. 24.

Dann dröhnt das Erz: die Turmglocke

Ein König auf Weihnachtsbummel

Als ich ein kleiner Junge war, Kein Buch ohne Vorwort (Auszug), VII, S. 10–12. Erstdruck: *Als ich ein kleiner Junge war*. Roman, Atrium-Verlag, Zürich 1957.

Kürassierhelmen: Stahlhelme mit Federbusch

mit verschnürter Attila: kurzer Uniformrock der Husaren, ursprünglich ungarische Nationaltracht

Ulanka, Tschapka: von Polen übernommene Uniform der mit Lanzen bewaffneten Ulanen – ein kurzschößiger Uniformrock mit zwei Reihen Knöpfen und sog. polnischen Ärmelaufschlägen und die mit viereckigem Deckel versehene Mütze (poln. *czapka*)

Schellenbäume: mit Klöppeln geschlagenes tragbares Glockenspiel, früher bei Militärmusiken häufig. (Papageno in Mozarts *Zauberflöte* wird als »Glockenspiel« meist ein Schellenbaum in die Hand gegeben.) Schellen sind kugelförmige Glocken aus geschlagenem Metall.

Friedrich August: Friedrich August III. (1865–1932), regierte in Sachsen von 1904 bis zu seiner Abdankung im November 1918. Aus der Ehe mit Erzherzogin Luise von Toskana, von der er 1903 geschieden wurde, hatte er fünf Kinder.

Weihnachtschor der Buchhändler

Erstdruck: *Die literarische Welt*, Jg. 6, Nr. 49, 5.12.1930, S. 3.

Haarmanns Briefe: Fritz Haarmann (1879–1925), berüchtigter Serienmörder, der sein Unwesen in Hannover trieb und wegen Mordes an 27 Jungen und jungen Männern zum Tode verurteilt wurde. Nach eigener Aussage hatte Haarmann seine Opfer durch einen Biss in den Hals getötet und anschließend zerstückelt. Auf das – unbewiesene – Gerücht, er habe mit dem Fleisch Handel getrieben, spielt ein damals populärer Abzählvers an: Warte, warte nur ein Weilchen, / dann kommt Haarmann auch zu dir / mit dem kleinen Hackebeilchen / und macht Schabefleisch aus dir.

Fritz Langs Film *M – Eine Stadt sucht einen Mörder* (1931), mit Peter Lorre in der Hauptrolle, basiert auf dem Fall Haarmann. 1995 spielte Götz George den Haarmann in Romuald Karmakars Film *Der Totmacher.*

»Der Kampf mit den Gracchen« von Felix Dahn: erfundener Titel. Felix Dahn (1834–1912), Juraprofessor, Historiker und Schriftsteller. Sein bekanntestes Werk ist der vierbändige historische Roman *Ein Kampf um Rom* (1876), in dem die Auseinandersetzung mit den Gracchen an entsprechender Stelle vorkommt.

»Als Scheuerfrau im Schützengraben«: »unser Nachkriegsroman« – eine heftige Ironisierung sensationslüsterner Werbung, die keine Scheu kennt, die größten Unwahrscheinlichkeiten zu behaupten. Die Zahl der Bücher über den Stellungskrieg in den Schützengräben des 1. Weltkriegs war Legion. Bis auf *Im Westen nichts Neues* von Erich Maria Remarque (1929) haben sie nicht überdauert.

Bülow: Bernhard von Bülow (1849–1929) war von 1900–1909 Reichskanzler und preußischer Ministerpräsident, in den Jahren davor und danach im diplomatischen Dienst. 1930 erschienen die ersten drei Bände seiner Erinnerungen (B. v. Bülow, *Denkwürdigkeiten.* Hrsg. Franz v. Stockhammer, 4 Bde., Ullstein, Berlin 1930/31).

Wallace: Edgar Wallace (1875–1932), Verfasser vielgelesener Kriminalromane, die seit Mitte der 20er Jahre auch regelmäßig ins Deutsche übersetzt wurden. Der für Kästner ungewöhnliche unreine Reim Reelles/Wallace lässt vermuten, dass der Autor sich über die Aussprache von Wallace nicht im Klaren war.

Von der Neugierde

Pünktchen und Anton, Von der Neugierde. Die fünfte Nachdenkerei, VII, S. 487. Erstdruck: *Pünktchen und Anton.* Ein Roman für Kinder, Williams & Co., Berlin 1931.

Brief an den Weihnachtsmann

Kabarettpoesie. Nachlese 1929–1953, II, S. 339 f. Erstdruck: *Die Weltbühne,* Jg. 26, Nr. 49, 2. 12. 1930, S. 822. In der vorliegenden Fassung, die geringfügig vom Erstdruck abweicht, hat Kästner das Gedicht in seine Werkauswahl *Gesammelte Schriften für Erwachsene.* Droemer Knaur, München/Zürich 1969, Bd. 6, S. 38 f., aufgenommen.

Das Gedicht ist gewissermaßen eine Momentaufnahme des desolaten Zustands der Weimarer Republik, die sich Ende 1930 schon in Agonie befand. Die durch den Kurssturz an der New Yorker Börse (24. 10. 1929 »Black Friday«) ausgelöste Weltwirtschaftskrise führte in Verbindung mit der Einstellung aller Zahlungen seitens der USA und der fortdauernden internationalen Schuldenkrise auch in Deutschland schlagartig zu einer Verschärfung der wirtschaftlichen und sozialen Gegensätze. Gleichzeitig war die Weimarer Republik in einer schweren politischen Krise. Die Regierung Müller war im März gestürzt – ausgerechnet über die von ihr geforderte Beitragserhöhung zur Arbeitslosenversicherung –, der von Reichspräsident Hindenburg zum Reichskanzler berufene Zentrumspolitiker Brüning hatte keine parlamentarische Mehrheit hinter sich, sondern regierte mit Hilfe von Notverordnungen. Auch nach den Reichstagswahlen im September 1930, bei denen die Nationalsozialisten 18,2 % der Stimmen erhielten (und sich damit von 12 auf 107 Mandate steigerten), blieb Brünings Minderheitsregierung im Amt, toleriert von der oppositionellen SPD und gestützt von Reichswehr und Gewerkschaften. Die Massenarbeitslosigkeit insbesondere der Jugendlichen führte zur zunehmenden politischen Radikalisierung. Hitler nutzte die Krise aus, indem er durch ununterbrochene heftige Propaganda immer mehr Anhänger unter dem Bürgertum und den Arbeitslosen gewann.

In den Straßen knallen Schüsse: Vielerorts kam es zu Straßenkämpfen zwischen den extremen Gruppierungen, vor allem zwischen Nationalsozialisten und Kommunisten.

Lege die Industriellen ... übers Knie: Die Vertreter der Großindustrie wandten sich Hitler zu, von dem sie sich einen Ausweg aus der politischen Legitimationskrise der Weimarer Republik erhofften (und den sie unterschätzten). Ende 1930 war die Zahl der Arbeitslosen auf 4,4 Millionen angewachsen.

Auch das geht vorüber

Kindergeschichten für Erwachsene, VII, S. 158–160. Erstdruck: *Beyers für Alle,* Jg. 4, H. 12, 19. 12. 1929, S. 9

Weihnachtslied, chemisch gereinigt

Herz auf Taille, I, S. 49 f. Erstdruck: *Das Tage-Buch,* Jg. 8, H. 52, 24. 12. 1927, S. 2112.

In der ersten Buchausgabe 1928 versah Kästner das Gedicht mit der Anmerkung: »Dieses Lied wurde vom Reichsschulrat für das Deutsche Einheitslesebuch angekauft.« Pure Fiktion. Gerade das völlig Unwahrscheinliche dieser Aussage betont jedoch den zynisch-parodistischen Charakter des Gedichts.

Parodiert wird hier das volkstümliche Weihnachtslied aus dem 19. Jahrhundert, nach dessen Melodie das Gedicht geschrieben ist. Die Komposition stammt von Carl Gottlieb Hering (1766–1853), einem der ersten bedeutenden deutschen Schulmusiker. Hering veröffentlichte die Komposition unter dem Titel *Weihnachtsfreude.* Die Angaben zum Textdichter schwanken. Es existieren unterschiedliche Textfassungen ebenso wie frühe Parodien. In der volkstümlichen Überlieferung lauten die ersten beiden Strophen:

Morgen, Kinder, wird's was geben,
morgen werden wir uns freun!
Welch ein Jubel, welch ein Leben
wird in unserm Hause sein!
Einmal werden wir noch wach,
heißa, dann ist Weihnachtstag!

Wie wird dann die Stube glänzen
von der großen Lichterzahl!
Schöner als bei frohen Tänzen
ein geputzter Kronensaal.
Wisst ihr noch, wie vorges Jahr
es am heilgen Abend war?

Ein Kind hat Kummer

Als ich ein kleiner Junge war, Ein Kind hat Kummer (Auszug), VII, S. 96–101. Erstdruck: s. Anm. zu *Ein König auf Weihnachtsbummel.*

Sweatern: Pullovern

die sieben Sachen: s. auch *Sechsundvierzig Heiligabende,* S. 59, und die Geschichte *Die sieben Sachen* (*Berliner Tageblatt,* 16. 9. 1930). Dieses so fantasievolle wie bescheidene Geschenk muss im Hause Kästner bleibenden Eindruck hinterlassen haben und oft erwähnt worden sein. Die »Siebensachen« bezeichnen Eigentum oder Arbeitsmaterial, das man täglich braucht (»Hast du deine Siebensachen beisammen?«).

Weihnachtliches Dorf

Erstdruck: *Berliner Illustrirte Zeitung,* Jg. 37, Nr. 52, 23. 12. 1928, S. 2242.

Feier mit Hindernissen

Gemischte Gefühle, Literarische Publizistik aus der »Neuen Leipziger Zeitung« 1923–1933, Bd. 1, Atrium Verlag, Zürich 1989, S. 308–312. Erstdruck: *Neue Leipziger Zeitung,* 25./26. Dezember 1932, S. 17.

die Haustür sei bis zehn Uhr offen: Um zehn Uhr wurde bei den großen Mietshäusern die Haustür verschlossen. Wer danach ins Haus wollte, brauchte einen Schlüssel oder musste klingeln, damit der Gastgeber oder ein Mitbewohner herunterkam und aufschloss (Summer gab es nicht, Gegensprechanlagen erst recht nicht).

Aschinger: eine der unter diesem Namen firmierenden legendären Berliner »Bierquellen« – prächtig ausgestattete (aber eher schmuddelige) Stehbierhallen und auch Restaurants –, wo es billige Mahlzeiten gab und dazu so viele Schrippen, wie man wollte. Berühmt waren Aschingers Bierwürste und vor allem die Erbsensuppe. Die erste »Bierquelle« hatte 1892 am Köllnischen Markt eröffnet; in den zwanziger Jahren zählte die Kette schon mehr als zwei Dutzend Lokale in Berlin, z. B. in der Leipziger, Potsdamer und Friedrichstraße, am Alexanderplatz, Hackeschen und Werderschen Markt. Kästners Geschichte gibt leider keinen Hinweis darauf, um welches Lokal es sich gehandelt haben könnte.

Dem Revolutionär Jesus zum Geburtstag

Ein Mann gibt Auskunft, I, S. 163. Erstdruck: *Montag Morgen,* 24. 12. 1928, S. 10, u. d. Titel *Weihnachts-Hymne.*

Sechsundvierzig Heiligabende

Der tägliche Kram, II, S. 18–21. Erstdruck: *Die Neue Zeitung*, Jg. 1, Nr. 20, 24. 12. 1945, Kinderbeilage, mit Abweichungen.

als es Dresden, meine Vaterstadt, noch gab: Bei den Luftangriffen am 13. und 14. 2. 1945 wurde die Dresdner Innenstadt fast völlig zerstört.

Zwiebelmusterkanne: aus Meissener Porzellan. Seit Mitte des 19. Jahrhunderts in bürgerlichen Kreisen das populärste aller Meissener Geschirre. Das blaue Zwiebelmuster wird in Meissen nach wie vor von Hand gemalt. Es ist ein Unterglasurdekor, d. h. er wird vor dem sog. Glattbrand aufgetragen und ist damit unempfindlicher im Gebrauch als Geschirre mit Aufglasdekor.

einen schönen, großen, feuerfesten Topf: Diese Episode ist der Ausgangspunkt für Kästners frühe Geschichte *Ein Topf mit Hindernissen*, die am 25.12.1925 sowohl in der *Neuen Leipziger Zeitung* als auch im *Leipziger Tagblatt* erschien.

die »sieben Sachen«: s. die Anmerkung zu *Ein Kind hat Kummer*.

Ida Kästners erster Weihnachtsbrief an ihren Sohn

Ida an Erich Kästner, 21. 12. [1945]. Nachlass Kästner im Deutschen Literaturarchiv, Marbach am Neckar. Manuskript. © by Nachlass Luiselotte Enderle. Die originale Rechtschreibung wurde beibehalten. Der Brief ist in lateinischer Schrift geschrieben anstatt in Sütterlin wie Ida Kästners Korrespondenz bis Anfang der 1940er Jahre. Nach Hitlers Verbot der sog. gotischen Schrift (Fraktur und Sütterlin) am 3. 1. 1941 hatte auch Kästners Mutter, mit 70 Jahren, sich mühsam umstellen müssen.

Parade am Weihnachtstisch

Erich Kästner, *Interview mit dem Weihnachtsmann*. Kindergeschichten für Erwachsene. Herausgegeben und mit einem Nachwort von Franz Josef Görtz und Hans Sarkowicz, Carl Hanser Verlag, München Wien 1998, S. 48 f. Erstdruck: *Beyers für Alle*, Jg. 2, H. 13, 29. 12. 1927, S. 8, u. d. Pseud. Peter Flint.

Eine nette Bescherung

Erstdruck: *Sächsisches Volksblatt*, Zwickau, Jg. 35, Nr. 304, 31. 12. 1926 (*Volksblatt-Illustrierte*, Wochenbeilage für die Leser des *Sächsischen Volksblattes*, Jg. 2, Nr. 52, 31. 12. 1926).

Larve: Maske, die nur die obere Gesichtshälfte bedeckt.

Gehpelz: langer Pelzmantel im Gegensatz zum kürzeren Fahrpelz. (Pelz verträgt es

nicht, wenn man länger darauf sitzt – er bekommt kahle Stellen, und das Leder wird brüchig.)
Chaiselonguedecke: Sofadecke
Äußeres: im Erstdruck wohl fehlerhaft »Äußere«
Chinakrepp: vermutlich Kreppseide

Felix holt Senf

Das Schwein beim Friseur, VIII, S. 361–363. Erstdruck der vorliegenden Fassung: *Das Schwein beim Friseur und anderes.* Kindergeschichten, Atrium-Verlag, Zürich 1961. Kästner hat die Geschichte für die Buchausgabe überarbeitet. Erstdruck der Originalfassung: *Beyers für Alle*, Romanzeitung, Jg. 2, H. 12, 22. 12. 1927, S. 4.
Felix nahm das Senfglas (...) und lief auf die Straße: Senf wurde noch lose verkauft, und die Lebensmittelhändler mussten ihre Läden auch am 24. Dezember bis zum Abend geöffnet halten – beides heutzutage fast unvorstellbar.

Wieder 1. Januar

Erstdruck: *Die Grüne Post*, Jg. 2, Nr. 52, 29. 12. 1929, S. 5. Wenn einige Verse dieses langen Gedichts dem Leser bekannt vorkommen, so ist das kein Wunder: Es enthält, wenn auch in anderer Reihenfolge, alle zwölf Zeilen von Kästners späterem *Spruch für die Sylvesternacht.* Erstdruck: *Doktor Erich Kästners Lyrische Hausapotheke*, Zürich 1936. Titel *Spruch in der Sylvesternacht.* Im Dezember 1929 konnte es Kästner allerdings noch nicht in erster Linie um Kürze und Prägnanz gehen, denn er hatte den Auftrag, eine ganze Seite der *Grünen Post* mit seinen Silvesterversen zu füllen – für ein Honorar von 150 Mark, wie er seiner Mutter am 22. November 1929 schrieb (Erich Kästner, *Mein liebes, gutes Muttchen Du! Dein oller Junge.* Briefe und Postkarten aus 30 Jahren. Ausgewählt und eingeleitet von Luiselotte Enderle. Albrecht Knaus Verlag, Hamburg 1981, S. 95).

Zum Neuen Jahr

Kurz und bündig, I, S. 271. Das Epigramm entstand 1938/39; das Typoskript im Nachlass Kästner im DLA (Deutsches Literaturarchiv, Marbach am Neckar) trägt den Titel *Mir zum 40. Geburtstag* – und der war am 23. Februar 1939. Erstdruck: *Die Neue Zeitung*, 31. 12. 1945, Feuilleton- und Kunstbeilage, unter dem Titel *Gedanken zum Neujahr.* In der ersten Buchausgabe von *Kurz und bündig* (Olten 1948) wählte Kästner den Titel *Zum eigenen Geburtstag.*
besser: Im Typoskript und im Erstdruck heißt es »schöner«.

Dank

Mein erster Dank gilt wieder Johan Zonneveld, der mich auch diesmal auf entlegene Texte hingewiesen und sie mir zugänglich gemacht hat. Weiter danke ich Inge Schleier für ihre hilfreiche Aufklärung über die Zubereitung traditioneller sächsischer Weihnachtsgerichte und Ulrich von Bülow für seine rasche und bereitwillige Beseitigung einer Unklarheit.

Erich Kästner, 1899 in Dresden geboren, begründete gleich mit seinen ersten beiden Büchern seinen Weltruhm: *Herz auf Taille* (1928) und *Emil und die Detektive* (1929). Nach der Machtübernahme der Nationalsozialisten wurden seine Bücher verbrannt, sein Werk erschien nunmehr in der Schweiz beim Atrium Verlag. Erich Kästner erhielt zahlreiche literarische Auszeichnungen, u. a. den Georg-Büchner-Preis. Er starb 1974 in München.

Sylvia List hat Slawistik und Osteuropäische Geschichte studiert, als Lektorin gearbeitet und ist heute freie Übersetzerin und Herausgeberin, u. a. von *Das große Erich Kästner Buch, Kästner im Schnee* und *Meine Mutter zu Wasser und zu Lande.* Sie lebt in München.

Cornelia von Seidlein, geboren in München, Grafik- und Malereistudium in London, zeichnet hintersinnige Miniaturen zur Verschönerung von Zeitungen, Zeitschriften und Büchern. Einzelausstellungen quer durchs Land.

Erich Kästner im dtv

Notabene 45
Ein Tagebuch
ISBN 978-3-423-11016-7

Das große Erich Kästner Lesebuch
Hg. v. Sylvia List
ISBN 978-3-423-12618-2

Als ich ein kleiner Junge war
ISBN 978-3-423-13086-8

Ein Dichter gibt Auskunft
121 Gedichte
Ausgewählt und mit einem Essay von Marcel Reich-Ranicki
ISBN 978-3-423-13475-0

Ein Mann gibt Auskunft
ISBN 978-3-423-13641-9

Wird's besser? Wird's schlimmer?
Gebrauchstexte für (fast) jeden Anlass
Hg. v. Renate Reichstein
ISBN 978-3-423-14050-8

Sachliche Romanzen
Gedichte über Liebe und andere unvermeidliche Dinge
Hg. v. Renate Reichstein
ISBN 978-3-423-14134-5

Meine Mutter zu Wasser und zu Lande
Geschichten, Gedichte, Briefe
Hg. v. Sylvia List
ISBN 978-3-423-14219-9

Kästner im Schnee
Geschichten, Gedichte, Briefe
Hg. v. Sylvia List
ISBN 978-3-423-14260-1

Zwischen hier und dort
Reisen mit Erich Kästner
Hg. v. Sylvia List
ISBN 978-3-423-14313-4

Werke in neun Bänden
Hg. v. Franz Josef Görtz
ISBN 978-3-423-59066-2